講談社文庫

不発弾

乃南アサ

講談社

目次

不発弾

かくし味

1

栄《さかえ》通りの『みの吉』といえば、その界隈《かいわい》では多少なりとも名の通った店だった。

とにかく、その造りがまず人目を引く。戦後の間もない頃に、燃え残った古材で建てたという話の店は、幾度か改築しているにしても、よくぞ今まで持ちこたえていると思わせる、経《へ》てきた年月を想像するに余りあるほどの、ある種の迫力さえ感じさせる古さなのだ。二間足らずの間口の格子戸《こうしど》は、どういうわけだか多少高さが足りなくて、今時あまり見かけないような、下半分の曇っているガラスがはめ込まれているし、小さく出ている低い軒《のき》は中央がひしゃげ始めている。そこに、破れかけた赤提灯《あかちょうちん》が下がって、ふらふらと揺れている様は、あたかもお化け屋敷さながら、といった印象を与える。入り口にかけられている縄暖《なわの》簾《れん》すら、もう何年も取り込んだこともない様子で、変色しているのはもちろんのこと、抜け落ちたり、すり切れて短くなっている箇所もあるから、くぐればこちらの顔が汚れそうな気配を持っていた。

戸口の脇の、普通の店ならば、メニューのサンプルなどが並ぶ小さなショウ・ウィンドウか、焼き鳥を持ち帰る客のための窓口にでもなっていそうなはずの場所には、どこかの家の座敷からそっくり持ってきたかのような、若竹とスズメを象《かたど》った、すかし彫りの桟《さん》がはめ込まれていた。それだけならば、粋《いき》な小料理屋のようにも受け取れ、多少の風情《ふぜい》もあろうというものだろうが、色紙に書かれた品書きなどが見えるわけでもなく、黄ばみを通り越して茶色くなってしまった障子紙を通して、乱雑な物置と化している様子がシルエットとなって外からでも見える。

二階は住まいになっているらしい建物全体が、庇《ひさし》、板壁、桟に至るまで、長年の風雨にさらされて木目が浮き出し、からからに乾燥しきって、いうなれば疲れ果てた老人のような印象を与える。それが『みの吉』だった。

その店を、俺《おれ》はこの町に引っ越してきた翌日には発見していた。たった二年の結婚生活に破れ、身も心も消耗しきっての引っ越しだった。就職してからこつこつと貯めた金で揃《そろ》えた全《すべ》ての物は、はっきりとした理由も告げずに別れを切り出した女房と共に消え去り、俺は必要最低限の家財道具だけを持って、栄通りから少し入った路地に建つアパートに住むことにしたのだ。

——何もかも、振り出しか。

そこは、学生の頃にほんの短い間、通ったことのある町だった。俺らしくもなく少しばかり感傷的になって、あの当時つきあっていた娘を思い出し、もしかすると再会のようなドラマが起こり得ないだろうか、そうでなくとも、懐かしい空気に心を癒《いや》されるのではないかという愚かしい期待すら抱いて、俺はその町を選んだ。ささやかでも、たった二年の間でしかなくても、それなりの拠《よ》り所《どころ》になっていた家庭を失って、全く未知の町に暮らす勇気は、さすがの俺にもなかったのだ。

だが、十年近くの歳月は、好きだった娘の住んでいたアパートを消し去ったばかりか、町の表情全体をすっかり変えてしまっていた。駅前から始まった再開発の波は、駅から少し離れた、横町といった風情の漂っていたはずの栄通りにまでも押し寄せたのだろう。俺の記憶に残っている、しもた屋風の家屋や、がらんと広いばかりの八百屋のかわりに、ぴかぴかに輝くビルに入ったハイカラな雰囲気の店ばかりが増えて、通りはすっかり若返ってしまっていた。その中で、『みの吉』の存在は時間のエアー・ポケットにでも落ち込んだような印象を与えるのに十分だった。

——地上げにもめげなかったのかな。

町中がくすんだ色に覆《おお》われていた頃ならば、それほど目立つということもなかったのだろう。だが、変貌を遂げた栄通りの中で、今や『みの吉』は歴史の生き証人であるかのような貫禄さえ漂わせて、軒を傾かせつつも、ある種の威厳を保って見えた。店の前を通りかかるたびに、俺は郷愁にも近い感覚を抱き、その中の空気に憧れを抱いた。この際、味などはどうでも良い、せめて話の種だけにでも、一度くらいはあの薄汚れた縄暖簾をくぐってみたいものだと思った。

だが、意外なことに、俺が何度足を向けてみても、『みの吉』は常に満席だった。表はひっそりとしていて、とても賑《にぎ》わっている店という感じがしないのに、暖簾をくぐると、狭い店内は、いかなるときでも人で埋まり、穏やかなざわめきに包まれていたのだ。

「『みの吉』って、どうしていつも混んでるんだろう」

結局、引っ越しも落ち着いて、ようやく見つけた新しい馴染《なじ》みの店から、俺は『みの吉』の情報を得ることになった。古材で建てたのだという話も、実はその店のマスターの受け売りだ。

「あそこは、まあ、まず入れないわなあ」

通い始めた翌週には、もう俺の名字からイトちゃんと呼び名をつけてくれたマスターは、カウンターの内側の背の低い椅子に腰掛けて、退屈そうに答える。『みの吉』には入り損なったが、俺は新しい店を開拓することにかけては、なかなかの才能を発揮すると自負している。その店も、構えほどには気取りもなく、第一いつも空《す》いているところが俺の気に入った。

「外から見ると、やってるのかどうかも分からないような店なのにさ」

「そうでもないんだ。あそこは煮込みが有名だし、イトちゃんは知らないだろうけど、あそこさ、行列お断りなんだよ」

「行列お断り？」

「そういう札が、下がってるんだ。縄暖簾の陰に」

「気がつかなかったな」

同じ客商売とはいっても、焼き鳥屋とジャズバーとではタイプが違うせいだろうか、彼は『みの吉』に対しては何のライバル意識も持っていない様子だった。「そりゃあ、そうだよ。俺がガキの頃から、あんな店なんだから」と、四十前後に見えるマスターは、諦《あきら》めたように笑っていたことがある。

「だいたい、愛想がないんだよな。イトちゃんが覗《のぞ》いてみたとき、爺さんか婆さんか、何か言った？」

俺は、ほんのわずかな瞬間だけ覗き見た『みの吉』の店内を思い出そうとした。白熱灯の柔らかな光と、あれは焼き鳥の煙だったのだろうか。何だか霞がかかったようで、まさしく時間を遡《さかのぼ》って幻の世界に入り込んだような、不思議な空気が漂っていたと思う。そして、カウンターの内側で動いている白い影を見た。爺さんか婆さんかは判然としないが、とにかく小さな人だったことは確かだ。

「こっちを見もしなかったと思うよ」

マスターは落ち着き払った表情で頷《うなず》きながら「そうなんだよ、あそこは」と答えた。

「まあ、いまさらあくせく働くつもりもないのかも知れないけど。相当な年なんだぜ、爺さんも婆さんも」

俺は、内心で苦笑しながら相槌《あいづち》を打っていた。マスターだって、俺が初めてこの店の戸口に立ったときには、愛想笑い一つ浮かべるでもなく、「入る気か」とでも言いたそうな顔をしていたのだ。つまり、年齢などは関係ない。むしろそれは、都会といっても片隅の、何の特色もないようなこの町の持ち味なのかも知れないと思った。

——まあ、必要以上にべたべたと親切にされるよりは気楽に違いないんだけどな。

それにしても「行列お断り」とは、どういうことなのか、俺にはどうも納得がいかない。

「外に人が待ってたらさ、お客がゆっくり出来ないからって」

マスターは、大して興味もなさそうな顔で答えた。俺はビールを飲みながら首を傾《かし》げた。商売のことはよく分からないが、普通は少しでも回転をあげたいと思うものではないかという気がする。

「それじゃあ、お得意さんは出来ないんだと。それが、あそこの爺さんの哲学なんだな」

マスターは一人で納得したように頷きながら「飲み屋で急ぎたい客なんか、そうはいないけど」と続ける。

「だけど、あそこは客単価も低いはずだから。半分、道楽みたいな気持ちじゃなきゃ、そんな思い切った札は下げられないと思うがね」

老後の楽しみ、惚《ぼ》け防止といったところなのだろうか。俺は、どうも納得出来ない気分でマスターの話を聞いていた。元来、行列など大嫌いな俺だから、どんなに有名な店に入る為だって、わざわざ並ぼうとは毛頭《もうとう》思わないが、それでも相手から並ぶのを断られるというのも、あまり愉快なものではない。

「もったいないじゃない。まさか、開店から閉店時間まで、ずっと同じ客が一つの席を占めてるってわけでもないんだろう？」

「あそこの客はさ、長年の馴染み客ばっかりなんだよ。だから、一人が帰る時刻には、次の馴染みが現れるって寸法。それに、仕込みの量は決まってるから、たくさん来られても、かえって困るんだとさ」

俺は、最近では好い加減にマンネリになってきたマスター手製の焼きうどんを食いながら、上目遣いにカウンターの内側を見た。

「そんなにうまい事、いくかね」

「いってるんじゃないの？　現にイトちゃんは、入れなかったんだろう？」

「まあ、そうだけどさ」

「あの店の常連はさ、へんてこりんな仲間意識があるっていう話だよ。だから、馴染めない人は、嫌がるな」

へんてこりんな仲間意識というのは、俺にはいちばんの苦手だ。そんなにクセのある店ならば、自分には無縁だろうかと思う。だが、それでも妙に心を惹《ひ》かれた。それに、名物の煮込みも食ってみたいと思う。

「取りあえず、旨《うま》いらしいよ。すげえ、古い鍋で煮込んでるんだって。それで、レトロブームとかのときに、一時雑誌に出てさ、行列が出来るようになったんだ」

焼き鳥と煮込みと、あと数品目の料理があるだけで、酒といってもビールと焼酎《しょうちゅう》、それに安い日本酒があるだけの店では、二千円も使えば十分らしい。かなり高齢になってきている主人夫婦は、マスターの考えでは値段の設定さえ、世間の相場からずれているという。

「もう年だから、いつまで続けられるか、分からないけどね」

それならば、やはり一度は行ってみたい。バブルの最盛期の頃にも、少しでも店を閉めれば客が遠ざかるからという理由で古い店を守り通したという、その店の味に、俺は一度でも良いから触れてみたかった。

2

チャンスは意外に早く訪れた。それから一ヵ月もたたないうちに、俺はまんまと『みの吉』のカウンターに座ることになった。

雨の降る、陰気な日だった。駅に降り立った頃には、多少は小やみになっていたものの、あたりには普段よりも早く宵闇《よいやみ》が忍び寄ってきていた。自転車に子どもを乗せて買い物に走り回る母親の姿もなく、妙にがらんと感じられる駅前の通りを歩きながら、俺はそろそろ例の焼きうどんからも解放されたいものだと考えていた。もちろん、あのマスターの店以外にも、ちょこちょこと立ち寄る店は出来てはいたのだが、どうも今一つぴんとくる店に当たらない。普通の定食屋であっさりと済ませてしまうには、俺は暇を持て余し過ぎていた。かといって、狭いアパートに真っ直ぐ帰る勇気はない。

第一、俺は常に嫌らしい疲労感に付きまとわれていた。一体いつから、そんなものを背中に貼り付けるようになったのかと考えると、頭はすぐに結婚生活の頃に戻った。そんなときに一人で過ごすのは、少しばかりきつすぎる。あまりにも自分を追い詰めることになりそうだった。

――こんな日は、案外どの店も暇かも知れないしな。

一つ、新しい店でも開拓してみようかなどと考えながら駅前を抜け、栄通りに入ると、ちょうど先の方でぼうっと一つの明かりが灯《とも》るのが見えた。迫り来る夕闇の中で、それはいかにも頼りなげに、はかなく映った。俺は傘越しに明かりの方を見、それが『みの吉』のおんぼろ提灯の灯《ひ》であることを知って驚いた。いつも見かける提灯ではあったが、明かりが灯る瞬間というものを見たのは初めてだったのだ。それに、いつかカウンターの奥に見た白い影が、その提灯の傍に立っている。自然に俺の目は白い影に釘《くぎ》付けになった。開店したばかりなら、何とか入れるのではないか、そんな淡い期待に胸が膨《ふく》らんだ。

「いま、お帰りですか」

ところが、俺が近付くと、影の方が口を開いた。俺は一瞬言葉を呑《の》み、その人をまじまじと見つめた。真っ白い割烹着《かっぽうぎ》を着た、マスターが言うところの「婆さん」に違いない。半分以上白くなっている髪を一つにまとめ、彼女は俺を見上げて軽く目を細めた。うっすらと化粧をして、口元にも紅をさしている顔に、くしゃりと幾本もの皺《しわ》が寄った。

「あの――今日も、混んでますか」

俺は、不思議な懐かしさにとらわれながら、自分の胸のあたりまでしか背丈のない婆さんを見た。こんな年代の人と言葉を交わすこと自体、実に久しぶりのことだと気づいた。婆さんと呼ぶには少しばかり雰囲気の異なる彼女は、一層細かい皺を顔中に寄せて、「いつも、すみませんね」と笑う。

「今日はね、大丈夫ですよ、どうぞ」

言うが早いか、彼女はもう縄暖簾を手繰《たぐ》ってくれている。俺はあまりにあっけないチャンスの到来に、半ば拍子抜けしそうになりながら、それでもいそいそと暖簾をくぐった。背後から「ようく、覗いて下さってたのにねえ」という声が被《かぶ》さってくる。一度だってこちらを見ていたことさえなかったはずなのに、覚えられていたのか、気づいてくれていたのかと思うと、俺はそれだけで嬉しくなった。今度は店の中から「らっしゃい」という嗄《しわが》れた声が俺を迎える。カウンターの内側で、これまた白衣を着た「爺さん」が、団扇《うちわ》で炭を熾《おこ》している最中だった。

「やっと、入れた」

他に人気《ひとけ》のない店をひとしきり見回した後、婆さんにすすめられるままに一番奥の席に座ると、俺は改めて店内を見回し、思わずため息混じりに呟《つぶや》いた。実に久しぶりに田舎《いなか》の親戚を訪ねたような、懐かしい空気が満ちている。外が雨のせいもあるのだろうか、ひんやりとした湿気が店の隅々に漂い、すっかり煤《すす》けている柱や壁さえ、馴染み深いもののような感じがした。

「いつもは五時からなんですけれどもね、今日はちょっと遅くなったもんだから。やっと開けたところだったんですよ」

婆さんは、割烹着の袖から細い腕を見せながら、身体に比べて大きく見える手でカウンターを拭《ふ》く。そして、「本当にねえ、いつも覗いてくださってて」と繰り返した。爺さんはといえば、炭を熾すのに一生懸命になっていて、婆さんの話を聞いている様子もない。だが、婆さんはお構いなしに「うちはねえ、お得意様第一って、決めちゃってるもんだから、本当にねえ」などと言い続けている。

「あんな札まで、かけちゃってるものだから。感じ、悪いでしょう」

だからといって、彼女は俺の方を見ているというのでもなく、ただ話したいから話しているという雰囲気だった。

「本当にねえ、でも、年寄りが二人でやってるものですからね、あんまり忙しくなっちゃうとね、身体がねえ、あなた——」

「お、提灯に灯ぃ入れてくれや」

「もう、入ってますよ」

「入ってるか」

「入れましたよ、いま」

婆さんはせっせとカウンターを拭きながら、「だから、こちらが入ってらしたんでしょうがね」などと続けている。長年連れ添った夫婦ならではの、何ともテンポの良い会話だと思いながら、俺は店の態勢が整うまで、のんびりと待つつもりになっていた。

「こんな古い店でもねえ、忘れずにいて下さるっていう、それが、嬉しいのよねえ。それも、あなたみたいな若い方がね、何度も覗いてくださるって、ねえ、本当、ありがたいことだわよ」

カウンターを拭き終えると、今度は竹製の箸《はし》たてに割り箸をごとごとと落としながら、婆さんは俺の方を見るでもなく話し続ける。その口調は、客に対するというよりも、まるで孫にでも話しかけているような雰囲気を持っていた。

「若いお客さんがみえるとねえ、嬉しいんですよ。こっちまで若返るようでねえ」

「煮込みが旨いって聞いたもんだから」

俺の言葉に、それまで俯き通しで仕込みをしていた爺さんが顔を上げないままに「そりゃあ、どうも」と言う。そして、「煮込み、いきますかね」と続けた。俺は反射的に頷き、爺さんがこちらを見ていないことを知ると、急いで「はい」と声を出した。

「はいよ、煮込みね」

「はいはい、煮込み一丁」

客席の準備が出来たらしい婆さんが、いそいそとカウンターの内側に入る。俺は、珍しさと嬉しさとで、二人の様子をただ黙って眺めていた。

野菜がほとんど煮溶けんばかりになっている煮込みを前に、ささくれ立ちそうな割り箸に手を伸ばす頃、戸口が開いた。婆さんの「ごくろうさん」と言う声が軒を叩く雨の音と一緒に耳に届いた。それからものの十分もしないうちに、『みの吉』は満席となった。一人現れるたびに、婆さんは「さっきはどうも」とか「お疲れさん」などと言う。「いらっしゃい」と言われたのは、結局俺だけだった。

「いやな日に、なりやがったな。また強く降り出した」

俺の隣に座った、五十がらみの男が、憂うつそうな顔で呟いた。その頃には、俺は口の中でとろけそうな煮込みに舌鼓《したつづみ》を打ち、一杯目だけは婆さんが酌をしてくれたビールの二本目を注文しようとしていた。

「野辺《のべ》の送りにゃあ、おあつらえ向きだったがな」

今度は他の客が言う。どの客も、四十代から六、七十代といったところだろうか。皆が常連なのだろうから、もう少し会話が弾《はず》むのではないかと思っていたのに、店内は相変わらず静かなままだった。時折、爺さんの熾した炭の爆《は》ぜる音がぱち、ぱちと響く。淡く靄《もや》って見える店内に、黒い小さな灰らしいものが舞った。見上げれば、天井はすっかり煤けて真っ黒になっている。

――老人クラブみたいな雰囲気では、あるな。

想像していたよりも陰気くさい雰囲気に、俺は少しばかり落胆しながら、ここに馴染むには自分は若すぎるだろうかなどと考えていた。

「あの野郎、悔《くや》しがってるんじゃないかね。もう一度、ここの煮込みが食いたかったのにってさ」

そのときまた、俺の隣の男が呟いた。そして、小さく鼻をすすりながら煮込みをつつく。

「十二、三年になるのかなあ。俺は、あいつが初めてこの店に来たときのこと、はっきりと覚えてるんだよな」

他の客が答えた。俺は聞くでもなく、彼らの会話を聞きながら、その一方では、カウンター越しに見える煮込み用の鍋の大きさと古さに目を奪われていた。直径にすれば、八十センチ以上はあるだろう。鉄製らしい底の丸い大きな鍋は、その周囲にもどろどろに汚れがこびりついている。

「すごい、年季の入ってる鍋ですね」

元来、店の空気に馴染もうなどという考えは俺にはない。だから、周囲がいくら湿っぽかろうと、俺は勝手にカウンターの内側に話しかけた。焼き上がった焼き鳥を、瓶に入れてあるタレにつけて、皿に盛りつけていた爺さんがひょいとこちらを見た。

「一度だって、洗ったこたあ、ないんですよ」

俺は「一度も？」と目を丸くした。いったい何年使っているのか知らないが、専用の竈《かまど》のようなものに据え付けられた鍋は、もう竈と一体になっているように、境目も分からなくなって見える。そのとき、隣の客が俺の肩をぽんぽんと叩《たた》いた。振り向くと、五十がらみの男は自分のビール瓶を持って俺に差し出していた。

「それが、ここの煮込みの秘密なんだよ。毎日毎日とろ火で煮込んでさ、少しずつ材料を足すのね」

俺は内心で面倒だと思いながら「どうも」とグラスを差し出し、男と交替で自分のビール瓶も差し出した。

「嬉しいねえ。乾杯してくれるかね」

男は妙にしみじみとした顔で俺を見ると、グラスにビールを受け、小さくため息をつく。

「年月っていうかなあ、そういうの、感じちまうよなあ。こうして、隣から若い人にビールなんか差し出してもらうとさ」

俺は、軽く乾杯の真似《まね》をしながら、ただ曖昧《あいまい》に笑って見せていた。ちょうど注文した漬け物を出しに来た婆さんが、俺と男の間に立って「ごめんなさいね」と呟いた。

「今日ねえ、お葬式だったものですからね」

「葬式、ですか」

「うちのね、お得意さまのねえ」

婆さんの言葉に合わせて、グラスを持ったままの男はがっくりとうなだれた。そして、店内はまさに静寂に包まれた。俺は箸をくわえたままで、わけも分からず、ただ「はあ」と言っただけだった。

「奴さんがなあ、まさか、こんなに早く逝《い》っちまうなんて、思わなかったわなあ」

誰かが鼻にかかった声で言った。

「本当、いいヤツだったのになあ。あれっと思ったときには、もうひでえ顔色になっていやがって」

また他の男が呟く。俺は、一人が口を開く度にそちらに首を巡《めぐ》らしながら、それで今夜は湿っぽいのかと、ようやく合点《がてん》がいった気分だった。そのとき、隣に座っていた男が再び俺の肩を叩いた。

「あんた、今日やっと、入れた、うん？」

「ああ、ええ」

「いつも、そこに座ってたんだよ、奴さん」

男はいかつい顔に似合わず、わずかに目を潤ませてさえいる。俺は目を白黒させるばかりで、料理をつつく気も殺《そ》がれてしまっていた。

「いつでも一番乗りでな、ここ十年以上、毎日毎晩、そこに座っていやがった」

店中がしみじみとした雰囲気に包まれる。俺は、背中から首筋にかけて、ぞくぞくとするものが這《は》い上がるのを感じた。隣に居合わせたというだけで、赤の他人に酌をしたりされたりするのは、俺がもっとも苦手とすることだ。その上、死んだ男の代わりに座っているなどと言われては、いかに煮込みが旨かろうと、どうにも居心地が悪くてたまらない。だが、こちらの気も知らないで、男は救いを求めるような目で俺をしみじみと見つめた。

「今夜な、ここに来て、その席が空《あ》いてたら、俺、どうしようかと思ってたのよ。そうしたら、あんたがいてくれた。俺ぁ、もう心底さ、『助かったぁ』と思ったね。ぽっかり空いちまった席を眺めながら、野郎を思って飲むのなんて、やりきれねえと思ってたんだ」

紺色の薄手のジャンパーの下からポロシャツの襟《えり》をのぞかせながら、男は小指だけ爪を伸ばした手のひらで、わざとらしく鼻をすすって見せる。

「本当だなあ。フクちゃんだって喜んでるだろうよ。いやね、若い人と飲むのが何よりも好きだったのは、フクちゃんなんだ」

他の客が身を乗り出してきて俺を見た。それから、すたすたと立ち上がるとビール瓶を持ったまま俺に近付いてくる。

「すみませんね、来る早々、湿っぽい話になってね。普段は、陽気な店なんですよ」

六十がらみの男は、如才ない笑みを浮かべて俺にビールをすすめた。その頃には、店内の温度も上がってきて、湿気も取れ、雰囲気はずいぶん和《なご》やかになりつつあった。

「ただの常連同士っていっても、長年の付き合いだったんですよ。それで、ついね」

綺麗《きれい》な白髪を丁寧に撫《な》でつけて、スーツ姿の男は真っ白いワイシャツの袖口を見せながら、俺に丁寧にビールを注いでくれた。

「その方は——病気、だったんですか」

俺も、いつまでも黙《だんま》りを通しているわけにもいかない気分になって、つい男を見上げた。男は憂うつそうな顔になって頷くと、通称「フクちゃん」と呼ばれていた常連客は、腎不全で死んだのだと答えた。

「腎不全、ですか」

俺は、何となくぴんとこないまま、取りあえずは神妙な顔を作り、次の言葉を探した。すると、再び隣の男が顔を上げ、少しばかり強すぎる程の力で俺の背を叩いた。

「いいんだよ、あんたまで気にするこたぁ、ないんだ。仕方がねえよ、奴さんの寿命だったんだ」

言いながら、再びビール瓶を差し出してくる。俺は、注がれたばかりのビールを急いで半分ほど飲み、すすめられるままにグラスを前に出した。店内のあちこちから、死んだ男の思い出話が聞こえてきた。

「下の子が、中学生って言ってたんだもんなあ」

「それが、驚いたね。葬式で見かけたら、上の子は、もう赤ん坊を抱いてるんだもんなあ」

「フクちゃんに孫がいたなんて、俺は知らなかったね」

隣の男は、かなり早いピッチで焼酎をあおりながら、あちこちの会話に口を挟み、「あいつは、そういうヤツだよ」とか「そう、そうなんだよなあ、畜生」などと大声を上げ、果ては俺にまで相槌を求めてくるようになった。俺は、男の酔いに任せた馴《な》れ馴《な》れしさをうるさく思いながらも、心のどこかではくすぐったいような感覚を味わっていた。今日暖簾をくぐったばかりだというのに、早くも常連に加えられたような、少しばかり嬉しい気分だった。奇妙な仲間意識や連帯感などというものは嫌いだが、かといって無視されて気持ちの良いはずもない。

「あんたは、偉いっ。よおく、俺の気持ちが分かってるなあ。大切な人を失った悲しみっていうか、なあ、分かる男だ！」

最終的には、隣の男は俺の肩にもたれて、そんなことまで言い出した。俺は苦笑しながら、「かなしいもんすよね」と相槌を打っていた。失ったことを素直に悲しめる方が、どれほど幸せか分からないということは、あえて言わなかった。

3

そして、俺の『みの吉』通いが始まった。初めて行った翌日には、あの馴れ馴れしさが面倒にも感じられ、自分には合わない店なのではないかとも思ったのだが、夕方が近付くにつれ、あの煮込みの味がどうにも恋しくなった。結局、多少の葛藤《かっとう》の後に再び暖簾をくぐることになったのだが、意外なことに、一番奥の席だけがぽっかりと空いていた。間をおかず、女将《おかみ》の「おかえり」という声が響いた。そのひと言で、俺の気持ちは決まってしまったようなものだ。

「昨日は、ごめんなさいね。つまらない愚痴に付き合わせて、ねえ」

たった一日行っただけなのに、女将は何年も前からの常連のような笑顔を俺に向けた。女将だけでなく、親父も、昨日見知った常連たちも、皆が「よう」と言ってくれた。

「何だ、学生じゃねえのか」

昨日も隣に座った男は、今日はずいぶん元気になっていて、改めて俺の年を聞くと豪快に笑いながら「学生にしちゃ、老けてるとは思ったけどな」などと言った。俺は、若月《わかつき》と名乗ったその男から、やはりビールをさんざん奢《おご》られた。

「いいんだ。若い奴はね、何かと金がいるんだから。俺はね、こうして人にすすめるのが好きなの」

若月は陽気な男で、俺の職業を聞き、自分は水道工務店を経営しているのだと言った。もっと立ち入った話になると面倒だと思っていると、だが若月は、まるで違う話を始めた。俺は内心でほっとしながら、その夜も何も考えずに『みの吉』の不思議な雰囲気に身を任せて過ごした。やはり、煮込みの旨さは格別だった。

実際に行きつけると、どうして常連客ばかりの店なのか、なぜ「行列お断り」なのか、その理由が分かってきた。ひと言で言うならば、とにかく『みの吉』は、料理が旨いだけでなく、自分の家の茶の間のように居心地が良いのだ。

「おう、今帰り」

カウンターの一番奥の席が、俺の指定席だった。縄暖簾をくぐると、親父や女将さんよりも先に常連の誰かが声をかけてくれることも珍しくない。

「待ってたんだよ、糸田《いとだ》さんをね」

ときには、客の一人が黄ばんだカバーをかけてある本を差し出して笑いかけてくるようなこともあった。その題を見て初めて、俺は確かにその本を読んでみたいと言ったことを思い出したほどだ。酔った勢いで話していたことを、誰もがおろそかにはしていない、それも『みの吉』の客の特徴だった。

「何せ暇だからね。ついでに本棚の整理が出来て、助かったよ」

数年前に定年退職したという男は、にこにこと笑いながらそんな言い方をする。そして、俺が「覚えていてくれたんですか」などと言うと、逆に驚いた表情になって「当たり前じゃないかい」と目を丸くした。飲んだ上での約束など、好い加減なものだという考え方は、どうやらこの店では通用しないらしかった。

「この店にはな、そういう客はいねえのよ。昔っから、なあ」

「そりゃあ、親父が一徹な人柄だからだろうな。皆、似てくるんだ」

客たちは、誰もがある種の縄張り意識のようなものを持っていて、悪く言えば排他的なのだが、良く言えば「我が家」を守ろうとしているようなところがあった。自分の家の外に他人が並んでいたら、それは落ち着かないことこの上ない。だからこそ「行列お断り」なのだろうと、俺は一人で結論を下すことにした。勿論《もちろん》、一見《いちげん》の客が皆無ということでもない。いくら常連だらけの店だって、二つや三つの空席があることは、格別珍しいことではなかった。以前、俺が何度覗いても満席だったのは、あくまでもタイミングの問題だったらしい。だが、その雰囲気に馴染めない客は、二度と薄汚い縄暖簾をくぐろうとはしないだろう。それくらい、『みの吉』には特別な雰囲気があった。

親父と女将は——二人のことを「爺さん」「婆さん」などと呼ぶ客は、一人としていはしない——店の景色にすっかり溶け込んでしまっていて、まるで空気のようでありながら、必要なときにはちゃんと答えてくれる、ものわかりの良い祖父母のようだった。祖父母の元に集う息子と孫達——そんな表現がいちばんぴったり来るだろう。客たちは、年齢や職業に関係なく、皆が二人に甘えていた。俺以外はほとんど家庭を持っている人たちのはずなのに、彼らは仕事から始まって女房や子どもの愚痴までもこぼし、ほっとした顔になって帰途につく。確かに常日頃、他人との余計なかかわり合いは避けたいと思ってきた俺でさえ、親父と女将の前では幼い子どもに戻ったような気分になった。

「なあ？　何とも懐かしいさあ、温かい気持ちにさせてくれるんだよ。そう思わないかい」

若月が、あるとき言ったことがある。俺と同様の感覚を誰もが抱いているのだと知って、俺はいつになく素直に頷いた。

「別にさ、親父たちが年とってきたから、そうなったわけじゃないんだ。昔っから、親父も女将も、そういう人柄なんだな」

煮込みの味と二人の人柄、それが、戦後間もなくから『みの吉』を支え続けている。そして、自分たちを求めてくれる客が絶えないからこそ、立派に独立している息子がありながら、今も商売を続けている。どうやら、そういうところらしい。

「俺たちの年齢でな、ここまで素直にさあ、自分をさらけ出せる場所なんか、ありゃあしねえよ」

「それが、まだ出来ねえんだな、あんたは。まだ、どっかつっぱらかってるわ」

古い常連たちから、時折俺はそんなことを言われた。俺は酔いに任せて「別に、いいじゃないすか」などとふてくされ、少しばかり理屈っぽくなって、議論を吹きかけることもあった。だが、彼らは誰もが笑いながら俺の相手をしてくれた。ふと、子ども扱いされているのだろうかと思わないこともなかったが、それはそれで温かい穏やかな感覚を伴うもので、俺は柄にもなく、案外心地良くそれを味わってしまうのが常だった。

「おい、女将。この若い衆に言ってやってくれよ。俺の親切がさあ、分からねえんだから」

若月という男は、中でもいちばん俺に構いたがった。いかにも叩き上げらしいその男を、俺は嫌いではなかった。むしろ、誰に対するよりも気軽に話が出来たから、余計に彼の言葉には逆らった。

「そんな親切、いらないって言ってるんですよ。ただのお節介だ」

俺がわざとそんな言い方をすると、若月は「この野郎」などと言いながら俺の頭を抱え込もうとすることさえある。床屋に行く以外、人に頭を触られることすら久しぶりだった俺は、そんなとき、不覚にも胸の奥に熱いものさえ感じてしまった。

「糸田さんの年で分かれっていう方が、無理なのよねえ。人生なんか長いんだもの、そのうちに分かってくれれば、いいのよねえ」

大抵の場合、親父と女将は客たちの会話に相槌を打つ程度だ。聞かれたことには答えるが、自分から口を挟むような真似はしない。だが、ときには客に説教をすることもあった。

「若月さん、うるさい」

　女将は、見かけによらず言葉のきつい人で、時折きっぱりとそんな言い方をした。

「人様には人様の都合ってものが、あるんだから、あんた、そういうことを考えなきゃ」

　全身が縮んでしまったようなちっぽけな女将に、五十も過ぎた大男が説教されてうなだれている図というのも、なかなか面白いものがあった。普段は無口な親父の方も、客同士の口論が激しさを増してくると、カウンターから身を乗り出してきて「酒癖の悪い奴ぁ、帰ってもらうぞっ」などと一喝するときがある。そんな声も、懐かしく響いた。全てが、くすぐったい程に心地良く俺の心に染《し》み込んでいく。思えば、結婚生活が破綻《はたん》してからの俺の心は、自分で考えていた以上に疲弊し、傷つき、そして実に渇いていた。そういうことを改めて感じさせられる、それが『みの吉』で過ごす時間だった。

「それにしても、あんたも好きだなあ、ここの煮込み」

　とにもかくにも、俺は『みの吉』の煮込みが好きだった。何しろ、毎晩食べても飽《あ》きるということがないのだ。味は濃すぎず薄すぎず、甘すぎず辛すぎず、臭みもなく、脂《あぶら》こくもなく、実にあっさりとしている。なのに、コクがある。野菜の甘みがしっかりと出ていると思う。モツの柔らかさは舌の上でとろける程だ。では歯ごたえがないかといえば、そうでもない。俺は定休日を除く毎日、『みの吉』のカウンターに座るなり、必ず煮込みを注文した。それでも毎日、心底旨いと思った。

「ここの煮込みにはな、意外なかくし味がきいてると、俺は睨《にら》んでるんだ」

ある時、若月がにやりと笑いながら、そんなことを言ったことがある。俺は、なるほどと思いながら「何が入ってるんですかね」と聞いた。若月は大きく背を反《そ》らし、腕組みをしながら「それが分かれば苦労はしねえや」と顔をしかめた。

「いくら聞いても、教えてくれねえんだよな、水臭せえんだよ」

「秘伝の味っていうところですかね」

「取りあえず、今あんたが食ってる煮込みの何百分、いや、何千分の一かは、二十年前の煮込みの味に違えねえんだ。それだけでも、普通の味じゃねえってこったよ」

若月はそう言うと、一人で感心したように唸《うな》って見せる。彼の記憶に間違いがなければ、今使っている煮込み用の鍋は、彼が『みの吉』に通い始めて二、三年目に新しくしたものだそうだ。つまり、それは二十年ほども前だという話だった。今でこそ俺に説教じみたことを言ったり、身体中のあちこちの不調を訴えている彼だが、この店に通い始めた頃は今の俺と似たような年代だったのだと知って、俺は不思議な気分になった。店と一緒に、親父も女将も、そして客も年をとっていく。

「だけどね、俺は絶対に毎日は食わないことにしてるの」

若月は得意そうな顔でそうも言った。

「万一の話だけどね。ある日だよ、突然飽きちまったら、困るでしょ？　だから、一日か二日おきにしてさ、絶対に飽きないようにしてるんだ。そうして、細く長くな、飽きずに食い続けて、二十年よ」

俺は「なるほど」と頷きながら、思わず笑ってしまった。食いたいから食う、飽きたら飽きたで良いではないかと、俺はその程度にしか考えていなかったのに、この男は飽きない為に予《あらかじ》め間隔をおくという。賢明なような、滑稽なような、おかしな考え方だと思った。

――それでも、二十年以上も飽きないんだから、大したもんだ。

親父と女将には申し訳ないが、今から二十年は、『みの吉』は続かないに違いない。二人とも、既に七十をとうに過ぎているという話なのだ。では俺は、『みの吉』が続く間は、最後まで飽きずに煮込みを食い続けることが出来るだろう。そんなことを考えながら、俺はその日も若月と悪態をつきあい、心地良く酔って、一人のアパートへ帰り着いた。

4

翌年、若月が死んだ。俺が初めて『みの吉』の暖簾をくぐった頃から体調が良くないと言っていたのは確かだが、妙な顔色をしていると思っているうちに店に現れなくなった。

「心筋梗塞《こうそく》だとさ。あの若月さんが」

常連の一人が、彼の経営する工務店に訪ねていったところ、若月は既に入院しているという話だった。そして、その一ヵ月後には通夜の連絡が入ったのだ。

——嘘《うそ》だろう。

これにはさすがの俺も衝撃を受けた。確かに、若月は会うごとに顔色が悪くなっていた。知り合った頃は体格の良い、がっちりとした男だったのに、店に来ていた最後の方では、こちらの方がぞっとするほど青白い顔をして、まるで幽霊のように見えた。

「まいったよ。昼間なあ、急に腹が痛くなりやがって」

時折はけいれんのような発作が起きるとか、貧血がひどいとか、若月はそんなことをよくこぼしていた。だが、俺は彼の普段の性格からして、どうせ可哀想ぶって大袈裟《おおげさ》なことを言っているのだろうくらいにしか受けとめていなかった。社交辞令に毛の生えた程度に、病院へ行くことをすすめてはいたのだが、結局、彼は行ったは良いが二度と歩いて戻れなくなってしまったということだ。

「二十二、三年にもなるのよ。本当に長いこと、うちの店を可愛がって下さってたのに」

通夜の晩、俺たちは親父夫婦も含めて、揃って焼香に行き、初めて若月の家族の顔を見、遺《のこ》された女房の「もう、何が何だか」という言葉を聞いて、その足でぞろぞろと『みの吉』へ戻ってきた。

「私たちよりもずっと若いのに」

女将は涙声で言い、疲れ果てたように薄い小さな肩をがっくりと落とした。

「どうしてこうも、若い人たちばっかりが、先に逝っちゃうものかしらねえ」

俺は、若月の人なつこい笑顔を思い浮かべながら、早くも諦める気持ちになり始めていた。人それぞれの寿命が尽きていくだけのことだ。本人にだって、どうすることも出来ないことを、赤の他人が心配しても仕方がない。会うが別れの始めなのだ。

「こうやって、少しずつ顔ぶれが変わっていくわなあ」

しんみりと酒を酌《く》み交わしながら、客の一人が呟いた。

「長いこと商売をやってりゃあ、仕方がねえ」

親父がため息混じりに唸った。珍しく、カウンターの内側でビールケースに腰を下ろしているところを見ると、言葉とは裏腹に、やはり女将同様、ショックを受けていることは間違いなかった。ひとたび白衣や割烹着を脱ぐと、親父と女将は実に貧相な、弱々しい、ただのちっぽけな老人だった。

——いつかは、この店そのものが、消えるんだもんな。

そのとき俺は、どこに行き、ここに集まる常連たちは、どこで酒を酌み交わせば良いのだろう。そんなことを考えると、置いてけぼりになる不安が心に広がる。見捨てられたときの絶望を、俺は二度と味わいたくはないとさえ思った。若月と知り合ってからの月日は、即ちこの店に通い始めた月日、つまりそれは、俺が独身に戻り、この町に暮らすようになってからの月日と、ほぼ同じということだ。

「らっしゃい！」

　そのとき、ふいに親父がはっきりとした声を出した。習慣的に顔を上げると、不安そうな顔をしたサラリーマン風の男が「いいかい」と言いながら暖簾の間から顔を覗かせているところだった。女将の「奥へどうぞ」という声が響く。店内が静かなせいだろう、二人の声はいつになく大きく、はっきりと聞こえた。三十代の後半に見える男は小脇に鞄《かばん》を抱えたまま、照れ臭そうに入ってくると「やっと入れた」と呟いた。

　——去年の俺だ。

　若月の指定席だった席に、何やら嬉しそうな顔をしながら腰掛ける男を横目で見ながら、俺は流れた時と心の傷をはかろうとしていた。疲れは残っているとは思う。だが、俺の結婚も、女房だった女への怨嗟《えんさ》も、確実に過去になりつつある。

「ここの煮込みが旨いって聞いてね」

　新しい客に如才ない笑みを浮かべる女将も、常連たちの表情も、一年前の俺に向けられたものと変わりがない。俺は、若月の席が埋まったことに奇妙にほっとしながら、やがて「忘れよう」と思い始めていた。自分の人生に起きた一大事でさえ、こうして薄れていくのだ。顔見知りの一人が死ぬことくらい、どうということもない。

　それからも、俺の日常には何の変化も起こりはしなかった。月日は年毎に、その流れる速度を速めている。そして、俺は三十になり、三十一になった。

「お、糸田さん、たいへんたいへん」

ある日、いつもの通り『みの吉』の暖簾をくぐると、常連の一人が腰を浮かして俺を呼んだ。それだけで、俺は身構える気持ちになった。

「岸上《きしがみ》さん、駄目だったんだってさ」

「本当ですか」

心の底ではやっぱりと思いながら、俺は表情を曇らせ、ため息をついて見せた。

「今年は、続くなあ」

俺のひと言に、その常連も「なあ」と憂うつそうな顔になる。岸上という男はまだ四十五、六というところだと思う。半年ほど前から体調を崩していて、先頃入院したという話だった。通夜は明日だと説明されて、俺は、寂しそうな顔で黙々と働いている親父と女将を見ながら、自分の席に腰を下ろした。

「結局、何の病気だったんですか」

「脳腫瘍だってさ」

「今年、これで三人目、ですよ」

その前年にも、二人の常連が消えた。その都度、俺たちは飲み仲間の死を悼《いた》み、そして彼を忘れた。そして『みの吉』には、また新しい常連が加わった。俺が、心のどこかに引っかかりを感じるようになったのは、昨年の秋に、やはり一人の常連が死んだときだったと思う。

――あれが死相っていうものか？

若月をはじめとして、死んでいった男たちは全て、それぞれに違う病気だった。それは、遺族から聞いているから確かなことだ。だが、彼らには共通していることがある。死の少し前から、彼らは一様にこちらの背筋が寒くなるほどの顔色をしていたのだ。青く、濁った顔色。貧血などとは異なる、何とも異様な、金属のような色になっていた。

「あの、席、空いてますか」

また新しい客が暖簾から顔をのぞかせた。俺たちは、岸上の通夜に行く相談をしていた声をわずかばかりひそめ、横目で新参者を観察した。俺が初めて来た当時と、さして変わらなく見える女将が、「はいはい」と、岸上が座っていた席をすすめた。

「おすすめって、何なのかな」

まだ二十代も半《なか》ばといったところだろう。いやに張り切った表情で、彼は店内をきょろきょろと見回している。「煮込みだよ、ここのおすすめはね」と、常連の一人がお節介な声を上げた。男は嬉しそうに「あ、どうも」と頭を下げた。彼は、今日からこの店の常連になることだろうと俺は直感した。

――一人が去ると、一人増える。

その日も、奇妙に複雑な気分で、俺はいつもの煮込みを食った。その味だけが唯一、何年も変わらないものかも知れなかった。

「お、久しぶりじゃん」

たまに例のジャズバーに顔を出すと、マスターは決まって皮肉混じりの笑顔を見せた。

「焼きうどんが食いたくなって」

「へへっ、うまいこと言うね。あれ、今日は、あっちは休みなの」

俺が『みの吉』の常連であることを、マスターはとうに知っていた。向こうが休みの日でなければ、俺はマスターの店には顔を出さなくなっていた。

「相変わらず、『みの吉』さんの煮込みに惚れこんでるってわけ？」

「相変わらずね。不思議なくらい、飽きないんだよな」

俺は遠慮無しにそんなことを言い、マスターは諦めたように「そりゃあ、そりゃあ」と笑った。

「だけど、今年は『みの吉』さんの客では葬式が多いって？」

さすがに近所だからだろう、マスターの耳にもそんな噂《うわさ》が届いているのかと内心で憂うつに思いながら、俺はため息混じりに頷いた。

「イトちゃんが行くようになってから、何件くらい出た？」

「六、いや、七件か」

俺は、やはり相変わらずの味の焼きうどんを頬ばりつつ、かつての常連を一人一人思い浮かべた。若月の死は、もう遠い過去の出来事のような気がした。マスターは腕組みをして頷いていたが、急に「あのさ」と身を乗り出してきた。

「前から、そうなんだよ、あそこ」

俺は、マスターの言葉の意味が分からなくて、ただ眉をひそめただけだった。マスターは、他に客などいないのに、少しばかり周囲をはばかる表情を見せた後で、『みの吉』の客は早死にが多いのだと押し殺した声で言った。その瞬間、どういうわけか、俺の二の腕をぞくぞくとする感覚が走った。

「一時はね、あそこの夫婦が客の生気を吸い取ってるんじゃないか、なんて、冗談だけど、そんな噂が流れたこともあったんだ」

「やめてくれよ。ただの年寄りだよ」

俺の言葉にマスターは分かってるというように頷き、「だから冗談だって」と繰り返した。

「だけど、とにかくさあ、何か青い顔して死ぬ人が、多いんだよな」

内心でどきりとしながら、俺は黙ってマスターを見つめていた。やはり、あの顔色に気づいている者がいるのだ。俺だけが不思議に思っていたわけではない。だが、俺の表情が強《こわ》ばったのを見て取ったのだろう、マスターは慌《あわ》てたように急いで笑顔を浮かべて「勿論ね、偶然だと思うよ」と続けた。

「『みの吉』さんに原因があるんなら、イトちゃんだって、そんな顔色にならなきゃならないってことだしさ、何も、食中毒で死んでるわけでもないんだし」

マスターが言った途端、何故だか急に、あの煮込みの鍋が思い浮かんだ。あの鍋は確かに、下手《へた》をすれば食中毒でも起こしかねないくらいに不衛生にも見える。二十年も洗っていないと聞いた時、俺は確かに肝を冷やした記憶がある。咄嗟《とっさ》に「大丈夫なのか」という思いが頭をもたげたはずだ。

――あの店が原因なのか？　何が、彼らを死なせたんだ。

俺はにわかに落ち着かない気分になって、若月を始めとして、これまで見送ってきた常連たちを順に思い浮かべた。彼らは全て、十年以上も『みの吉』に通い続けていた客だ。長年の常連に限って、そういうことになっている。若月など、二十年以上も通っていたというではないか。

――中毒。

誰もが『みの吉』を愛していた。『みの吉』そのものの中毒にかかっていたと言っても良いくらいだ。そして俺も、出来ることならば、いつまでも続けて欲しいと願っている。そろそろ喜寿を迎えようという親父に、一年でも長く元気で働いて欲しいと思っている。俺はすっかり混乱し、結局、その晩はそそくさとマスターの店から退散することにした。

「あんまり、気にしなさんなよ。ジョークだってば、ただの噂さ」

帰りしなに、マスターはわざとらしいくらいに愛想の良い笑顔で言った。だが俺の頭からは「中毒」という言葉が離れなくなっていた。

5

若月たちの死の原因を、何とかして突き止めたい、本当のことを知りたい。俺は、「中毒」というひと言にひどく拘《こだわ》り、自分なりにあれこれと調べてみることにした。そして、本屋であらゆる本をひっくり返しているうちに、動物、植物の毒から始まって、最後に無機金属毒というものに当たった。

無機金属の中で、重金属と呼ばれるものの塩類は、広義の腐食毒に分類される。水銀、ヒ素、クロムなどをはじめとして、様々な毒性を持つが、それらの金属イオンに特有な毒作用を読んでも、俺にはどうもぴんと来ないものばかりだった。その中で唯一、鉛の毒というのが、その可能性としては近かった。

鉛は古くから陶器の釉薬《ゆうやく》や化粧品に使われていたという記録があり、柔らかく加工しやすいということから、ローマ時代には上下水道や酒壺などにも使用されていた。日本でも江戸時代から明治にかけて、役者の白粉《おしろい》などに使用されていたという。だが、その性質はかなり水銀に似ていて、悪質な毒性がある。金属鉛による中毒は通常は慢性中毒だというが、その症状としては全身疲労、貧血、便秘などから始まり、やがて鉛疝痛《せんつう》と呼ばれる腹痛発作、鉛縁《えん》という歯肉が黒色に変化する状態、灰色の鉛顔貌を示す。さらに進行すると、橈骨《とうこつ》神経麻痺（鉛麻痺）などの末梢神経麻痺のほか、てんかん様の痙攣《けいれん》、鉛特有の痛みを生ずるようになり、重症になると精神錯乱などを生ずることも分かった。

——鉛顔貌。

その言葉に行き当たった時、俺は、死んでいった男たちの顔を思い浮かべ、思わず身震いをした。近年、鉛中毒が問題になったのは、有鉛ガソリンの排気ガス中毒が指摘されたことくらいだろう。だが、ガソリン添加物であるテトラエチル鉛が『みの吉』の店内に蔓延しているとも考えにくいし、そういう鉛ならば皮膚や呼吸器から進入するのだから、若月たちのような古参たちだけが中毒になるとも考えられない。すると、やはり金属鉛になる。俺は、あの過去の遺物のような建物の、それこそ水道管などに鉛が使われているのだろうかと考えた。

「ここの店で、鉛なんか使ってる？」

ある日、俺は何気なく聞いてみた。女将も親父も、最初は「さあ」と首を傾げただけだったが、今時鉛の水道管などあるはずがないだろうと、代わりに水道局に勤めている男が笑い出した。女将は店内の鍋を叩いて歩き、「鉛なんか、使ってるかしらね」と言った。

「普通は、鉄なんじゃないかしらねえ」

「鉄ってこたあ、ねえだろう。錆《さ》びやしねえんだから」

しきりに不思議そうな顔をする二人を見て、俺はつい恥ずかしくなった。

「いいんだ。何でもない」

結局、俺は自分の考えすぎだという結論を下した。ひたすらコツコツと働き続けて、この居心地の良い店を必死で守り続けている老夫婦を、これ以上疑うような真似はしたくない。第一、店の何かに問題があれば、まず親父夫婦が健康を害すはずだ。そして、またもや月日が流れた。俺は常に、いつものくつろいだ雰囲気を求めつつ、心のどこかには半ば探るような気持ちを捨て切れずにいた。だが、次に常連の中から葬式が出たとき、彼の死の原因が交通事故だったのをきっかけに、馬鹿馬鹿しくなった。どう考えても、この店に怪しいところなどあるはずがないのだ。全ては人の寿命、ただの偶然が重なっているに過ぎない。

——そういう巡り合わせなんだろう。

女系家族という言葉があるように、家や店というものには、一つの運気のようなものがあるに違いない。大方、『みの吉』は長年の得意客に限って、失いやすい運なのかも知れない。ひょっとすると、この古色蒼然たる店の、方角か間取りが悪いのではないかと、ついにそんなことまで考えるようになって、俺は全ての疑念を打ち捨てることにした。第一、俺自身の健康には何の問題もなかったのだ。ならば、それで良いではないかと思った。

俺は、すっかり栄通りの人間になっていった。一時は再婚の話が持ち込まれたこともあったし、真剣に子どもが欲しいと思ったこともあったが、結局は一人のままだ。風の便りに、かつての女房が、今や再婚して二児の母になっていると聞いたときにも、もはや何の感慨も起こりはしなかった。

「先輩、待ってたんすよ」

いつもの通り、『みの吉』の暖簾をくぐると、そんな声をかけられるようになったのは、最近のことだ。いつの間にか、俺は職場でも二十代の連中に煙たがられる中間管理職になり、この店でも古参グループに入りつつあった。少しばかり酒量は落ちてきたものの、俺はいつもの通りに煮込みを注文し、さすがに動きが緩慢になってきた親父や女将をのんびりと見守るようになっていた。

「へえ、春夏秋冬、七、八年も食い続けてても、まだ飽きないんですか」

ときどき、新しい常連と煮込みの話になることがある。俺はその都度、「かくし味がきいてるんだ」と答えた。それはかつて、誰かが俺に言った台詞《せりふ》だったような気もする。

「何ですかね、かくし味って」

「それが分かれば、苦労はしないんだけどね。大方、年月っていう奴が一番のかくし味じゃないかね」

俺の説明に、かつての俺と同じような年齢の男は感心したようにうなり声を上げたものだ。そうして、今年も何事もなく春が過ぎ、夏が来ると思っていたら、親父が珍しく風邪《かぜ》をひいた。

数日はこんこんと嫌らしい咳《せき》をしていたが、ある日、提灯が灯らなくなった。そして、そのまま肺炎を起こして翌日には死んでしまった。俺は、見舞いに立ち寄ったつもりだったのに、二階の狭い部屋に通されて、白い布を顔にかけられている親父を見、あまりにもあっけない幕切れに呆然《ぼうぜん》となった。

「でもねえ、全然苦しまないで、ころりとね。あなた、八十五ですもの、死ぬまで働けて、こんないい最期はありゃあしない。幸せな人ですよ」

病院へ運んだときには、もう手遅れだったという話だった。女将は、時折ほろほろと涙を流したが、案外さっぱりした様子で「神仏様のおかげです」と繰り返していた。

「『みの吉』も、ついにおしまいか」

「まいったね、あっけなかったなあ」

俺は、知らせを聞いて駆けつけてきた常連たちと、階下で静かに酒を酌み交わした。これまで、一体何人の飲み仲間を見送ってきたか、もう数えなくなっていた。その都度、俺たちは『みの吉』に戻り、思い出話に花を咲かせたものだ。だが、今度こそ、もう集まる場所がなくなってしまう。俺は急に老け込んだ気分になって、「長かったような、短かったような」と呟いた。このところ、どうも疲れやすくなっている。

「ここの煮込みとも、おさらばだな」

誰かが呟いたとき、二階で親父に別れを告げていた男がとんとんと降りてきた。

「女将がさ、煮込みを食ってってくれって。今朝方にも一度火を入れてあるから、悪くなってる心配はないからってさ」

俺たちは、しんみりと厨房《ちゅうぼう》を見やった。つい二、三日前まで、そこで黙々と働いていた親父が、今は二階で骸《むくろ》になっている。

「じゃあ、お言葉に甘えるか。親父さんの、最後の煮込みだ」

常連の一人が身軽に立ち上がった。それから俺たちは、煮込みが温まるのを待ちながら、『みの吉』で過ごした年月と、親父の思い出を肴《さかな》に酒を飲んだ。

「ごめんなさいねえ、放ったらかしにしちゃって」

そろそろ、いつもの『みの吉』の匂いが漂い始めた頃、二階から女将が降りてきた。

「親父さんの傍に、いてあげたらどうです」

「子どもさんたち、まだ来ないんですか」

俺たちは一斉に顔を上げ、普段と変わりなく穏やかに微笑《ほほえ》んでさえいる女将を見た。子どもたちは、皆東京から離れている。一人などはニューヨークにいるのだと言いながら、女将は厨房に入ってきた。

「このままね、店も閉めることになるでしょう。だから、最後のお給仕になるわ」

俺たちが見守る中で、女将は割烹着に袖を通し、「最後までちゃんとやらないとね、お父さんに叱《しか》られるから」と笑った。

「全部、食べていってくださいね。あの人も、きっと喜ぶわ」

気丈に振る舞う女将を見ていて、俺はつい、涙がこみ上げてきそうになった。

「じゃあ、僕が運びますよ」

立ち上がって、俺は生まれて初めて飲食店の厨房という場所へ入った。実際に足を踏み入れてみると、そこは驚くほど狭く、流しもガス台も、全てが低く出来ていた。それに、あちこちに粗末な修繕のあとが見られる。全てが、親父と女将のサイズと使い勝手を考えて出来ているのだと思うと、俺はまた涙が出そうになった。

女将はゆっくりと煮込みを器に盛る。俺は、その手元をしみじみと眺めていた。

「でもねえ、お父さんは約束を守ったんですよ。戦後、間もない頃にね、この店を出した時、あの人は言ったのよ。神仏様が守って下さってる、金持ちにはなれないかも知れないが、この店は絶対に潰《つぶ》さないからって」

「――そうですか」

「客商売なんか、浮き草みたいなものじゃないかって、私はそう思ってたの。でも、お父さんは言ったのね。『自分たちや、この店が年をとっても、お客さんが年をとらなきゃ大丈夫だ。そうすれば、先細りにはならない』って、そんなことを言ってた」

女将は、煮込みを盛る手を宙に止め、小さなため息を洩《も》らした。俺は、その遠くを見るような眼差《まなざ》しの向こうに、かつて若かった親父を見たような気がした。

「立派だよ。そうやって、この店を守り続けてきたんだもんなあ」

そして、俺たちは親父の最後の煮込みを食った。一杯目は、誰もが黙々と食った。そして、すぐに二杯目を食った。女将は、一人でぽつんと厨房に控え、柔らかく微笑みながら俺たちを見ていた。

「みぃんな、食べてって下さいねえ」

出来ることなら、冷凍でも何でもして、持って帰りたいような気さえする。だが、ここで煮込みを食い尽くすのが、親父への最高の餞《はなむけ》だと思った。

「――お父さんねえ、戦前は、玩具《おもちゃ》工場に勤めてたんですよ。それがあなた、復員してきたと思ったら、闇《やみ》をやってる知り合いの口利《くちき》きでね、焼き鳥屋をするなんて言い出して。私はもう、びっくりしたわ。だって、私は焼き鳥屋の女将さんになるつもりなんて、まぁるで、なかったんだもの」

女将はぽつり、ぽつりと親父の若い頃の話をした。玩具工場に勤めていた頃の親父など、俺にはまるで想像がつかない。だが、晩年の親父と同じように、黙々と子どもの玩具を作っていたような、そんな気がした。

「元々、手先の器用な人だったのね。この厨房だって、いつもお父さんが手直しして。子どもたちが小さな頃はね、その辺に落っこちてるようなもので、ちょこちょこっと、玩具を作ってやったりしてねえ」

俺は初めて、一度に三杯の煮込みを食うことにした。ビールケースに腰掛けたまま、さすがにがっくりと来ている様子の女将を手で制して、俺は厨房に入った。

「そんな親父さんの手だったから、こんなに旨い煮込みが出来たんですね」

女将は俺の言葉にくすくすと笑い、「そういえばねえ」と言った。

「お父さん、よく笑ってたわ。お客さんは、皆で煮込みのかくし味を探ろうとするけど、そんなものは、ありはしないのにって。ただ、神仏様のおかげだって」

親父のそんな信心深い一面を、死んでから知るとは思わなかった。そんなところも、昔《むかし》気質《かたぎ》の夫婦だからこそだと思うと、改めて『みの吉』の閉店が残念に思える。

「——もう一生、食えないでしょうね。こんな旨い煮込みは」

客席の方からは、鼻をすすり上げる音と煮込みを食う音が交互に聞こえてくる。俺は、深々とため息をつきながら、大きな玉杓子《たまじゃくし》の柄を握り、底の方にまだ数杯分は残っている煮込みをぐるりとかき混ぜた。すると、ごろりと、固い感触が伝わってきた。煮溶け損なった野菜でも入っているのかと、俺はその塊を掬《すく》い上げた。思ったよりも固い、ずしりとした手《て》応《ごた》えがあった。

「——あれ」

一見、ただの石のようだった。俺は、その塊を玉杓子ごと流しに運び、水で洗った。

「女将さん、これ――」

汚れの落ちた塊を見て、俺は息を呑んだ。俺の手のひらに乗った、大きさの割にしっかりとした重みのあるそれは、小さな地蔵だった。「あら、まあ」と、女将が悲鳴に近い声を上げた。カウンターで肩を並べていた常連たちが、揃って身を乗り出してきた。

「何だい、お地蔵さん？」

差し出された手のひらに、俺は小さな地蔵を手渡した。手から手へ、一体何年前から鍋の底に沈んでいたか分からない地蔵が手渡されていく。女将は、感極まったような嗚咽《おえつ》を洩らし始めた。

「やっぱり、神仏様が守って下さってたんだわあ」

俺は、手のひらに残っていた地蔵の感触を味わいながら「重いね」と呟いた。

「石かね」

誰かが「いや」と言った。

「鉛だよ、これ。鉛の地蔵だ」

夜明け前の道

1

片手をハンドルにかけたまま、もう片方の手でサイドブレーキを引き、男はゆっくりと振り返った。ダッシュボードにはめ込まれている時計は、既に午前二時近くを指し示している。

「お客さん、あんた、本気で言ってんだろうな」

顎《あご》を引いて上目遣いに睨《にら》み付けると、つい今し方まで、ブレーキを踏むタイミングが悪いだの、愛想がないだの、または、わざと遠回りをしているだのと、好き勝手なことを言っていた客の顔が恐怖で固まった。

「黙って聞いてりゃ、いい気になりやがって。何様のつもりなんだ、ええ？」

男はさらに視線に力を込め、ベンチシートに片肘《かたひじ》を置いて、身を乗り出した。歳の頃は男と同年代、四十代の後半といったところだろうか、さっきまで隣に乗せていた女との会話から察すると、ある程度の企業の中間管理職という雰囲気だ。酒臭い息をぷんぷんと振りまいて、時には下品な冗談を言いながら大声で笑っていたくせに、今、その客は、顎の下のたるんだ肉を細かく震わせて、薄い闇の中でも光って見える眼鏡《めがね》の奥にある細い目を懸命に見開いている。

「――そんな、ちょっとした冗談じゃないか」

「冗談ですむかよ、ええ？　こっちはなあ、人の生命を預かってんだよ。てめえみてえな野郎が女とちゃらちゃらしてる間も、明け方まで、こうやって働いてんだ」

「――――」

「客だからって、何を言ってもいいってもんじゃ、ねえだろうが！」

そこまで言うと、男はメーターの精算ボタンを押した。そして、一万二千円あまりのタクシー料金を告げた。背後から「あ、おい」という声がする。だが、男はそんな声は無視して、「降りてくれ」と呟《つぶや》くように言った。

「ちょっと、待ってくれよ。こんな所で降ろされたって、うちはまだ――」

「俺の運転が気に入らねえんだろう？　だったら、とっとと降りて、他のタクシーを探しなって言ってんだよ」

男は客から目を逸《そ》らさずに、ゆっくりと手を差し出した。客は、それまでの酔いもさめたような表情で、何か言いたげに口を半開きにしたまま、こちらを見ていたが、やがてため息をつきながら、それでもおとなしく財布を取り出した。釣り銭が不要の、ぴったりの料金を受け取ると、男はふん、と小さく鼻を鳴らし、黙ったままで後部のドアを開けた。

「このままで済むと思うなよ。近代化センターに連絡してやるっ」

路上に足を踏み出しながら、客は改めて振り返ると、今度はいかにも憎々しげに大声を出した。

「好きにしやがれっ！」

捨て台詞《ぜりふ》を残し、客がまだ完全に車から離れていないうちに、男はタクシーのドアを閉めて車を発進させた。何か怒鳴っているらしい客の姿が、ルームミラーの中でみるみる小さくなり、瞬《また》く間に見えなくなった。

——ったく。どいつもこいつも。

舌打ちとため息とを繰り返し、男はハンドルを握りながら煙草《たばこ》をくわえた。客を乗せている間は禁煙と定められているが、たった今、路上の誰かに手を上げられたとしても、消すまいと思った。どうせ、さっきの客は近代化センターに苦情の電話を入れるだろう。そして数日後には、男は何らかの処分を受けるのだ。

苛々《いらいら》しながら一つ目の信号でタクシーをUターンさせ、とにかく都心に向かって走り始める。やがて、右手の歩道をさっき降ろした客が、どことなく途方に暮れたような足取りで、きょろきょろしながら歩いているのが見えてきた。

「冗談じゃねえんだ、馬鹿野郎っ！」

深々と吸い込んだ煙と一緒に、相手に届くとも思えない悪態をつくうちに、男の車は再び例の客から遠ざかった。

「――ったくよ。偉そうにばかりしてるから、そういう目に遭《あ》うんだよ」

言いたいことを言ってしまえば、少しは苛立《いらだ》ちもおさまるかと思ったのだが、逆効果だったらしい。かえって、それまで腹の底の底に沈めておいた様々な感情がうねり出し、同時に、思い出したくもない過去の光景が次々に蘇《よみがえ》ってきてしまった。

「――本当に、冗談じゃねえよ」

いくら考えまいとしても、「どうして」という思いが膨《ふく》らんでくる。どうして、こんな思いをしていなければならないのだろう、どうして、この歳になってまで、日々屈辱を覚えなければならないのだ、どうして東京くんだりまで来て、慣れない道を必死で覚え、夜も寝ないで働く必要があるのだ。

こうまでして働いても、男を待っている者など、誰一人としていはしなかった。朝陽に照らされながら、重い足取りで帰り着くのは、古い木造アパートの片隅の、貧しい六畳一間だけなのだ。

――こんな人生、続けてたって、しょうがねえよな。

何日かに一度、必ず思うことだった。実際、男の中ではこのところずっと、常に「死にたい」という思いが渦巻いている。ほんの少しだけ弾《はず》みをつければ、今すぐにだってアクセルを床まで踏み込み、対向車にでも電柱にでも、道路脇の建物にでも良い、どこかに激突して死んでしまえるような気がする。その方が、ずっと楽だと思うのだ。

——簡単だ、それで、何もかも終わりに出来るじゃないか。

そう思いながら、東京に来てからのこの半年間、未《いま》だにそれを実行せずにいるのは、別段、生きることに対して未練があるからではなかった。恐怖心があるわけでもない。ただ、弾みというやつが、今一つつかないだけのことだ。

——だけど、これで会社もクビになるってことになると。

半分ほど開けた窓から流れ込む、湿気を含んだ夜気が少しずつ頭を冷やしていく。我ながら、大人《おとな》げなかっただろうか、腹立たしいのは、何もさっきの客だけではないのに、もう少し我慢は出来なかっただろうかという気になってきた。けれど、仕方がなかったのだ。今日は、車庫を出て間もなく拾った客からして、悪かった。何しろ、その女は、男を捨てていった妻に面差《おもざ》しがそっくりだった。

——東京に、来ていたのか。

最初、男は心臓が止まるほどに驚いたものだ。だが、ミラー越しにちらちらと眺めるうちに、他人だということは分かった。それでも男の動揺はおさまらなかった。それ以来、今日はずっと不愉快な客ばかりを乗せている。生意気な女子高生風の少女、金の話ばかりする坊さん、チケットで料金を支払ったひどく横柄な男は、どこかのテレビ局に勤めていると言っていた。そして、最後のとどめが、今さっき降ろした客だった。

——所詮《しょせん》、向いてないんだよな。

見知らぬ街を夜通し走ったり、いつ呼び止められるかも分からないのに、ぼんやりと時を過ごすなんて、男の性分には合っていないと思う。第一、「お忘れ物はございませんか」だの「お足元に気をつけて下さい」だのという台詞を、どうしてこの自分が口にしなければならないのだ。おまえらに下げる頭なんか持ち合わせていないと、男の中では常にそんな声が渦巻いている。

そこは東京と横浜を結ぶ道路だった。多分、川崎駅に近い辺《あた》りだと思うが、男にはほとんど馴染《なじ》みのない街だ。道路の幅は広く、深夜という時間帯のせいもあるのだろう、車は整然と流れている。辺りは、都内に比べて闇も深いし、空も広く感じられた。街の風景そのものは埃《ほこり》っぽく、無機的なのに、反面、どことなくのんびりとした雰囲気が漂うのは、もしかすると海が近いせいかも知れない。

——人っ子一人、歩いてやしねえ。

申しわけ程度に植えられている、ひ弱な感じの街路樹が、車道と歩道を隔てている。男は、その街路樹の向こうをちらちらと眺めながら、さっき降ろした客のことを考えた。こうして走っていると、すれ違うタクシーのほとんどは空車ランプをつけていない。ここからさらに自宅に帰る為には、道路の反対側に立つとか、電車の時間は終わっているに違いないが、とりあえず最寄りの駅を探すとか、それなりに苦労しなければならないだろう。あの客も、酔った頭で、ふらふらと歩き回らなければならないかも知れないと思うと、力のこもらない、黒々とした笑いがこみ上げてきた。そして男は、ますます自分が嫌になった。こんなことで、卑屈な悦びを感じるとは、自分の根性もすっかり曲がったものだ。

――今日あたりが、潮時かもな。

どうせ、早ければ明日にもまた職を失うに違いないのだ。近代化センターの制裁措置《そち》は厳しい。さっきの客の苦情が届いたら、男は、もう都内ではタクシーの仕事にありつけない可能性がある。そうなったら、また他の土地へ流れなければならない。そして、見知らぬ土地で、再び新聞の求人欄を眺め、履歴書を書く生活が始まる。聞かれたくないことを聞かれ、惨めさを嚙みしめながら、頭を下げて歩き回らなければならないだろう。そんな力は、もう自分には残っていない気がする。何のために、そんなことをしなければならないのかが、もう分からなかった。

――踏ん切りをつけるんなら、今日だ。

掌《てのひら》が汗ばんできた。不思議な高揚感がこみ上げてくる。明確な目的が出来たというそれだけで、気持ちさえ楽になってきた。皮肉な話ではないか。死のうと決意して初めて、久しぶりに生き生きとした感覚が蘇ってくるなんて。

とにかく、これで終わりだ。全て、消えてなくなる。こうなったら、出来るだけ他人を巻き込まず、死に損なうこともないようにしなければと考えながら、男はハンドルを握り続けた。目の前の信号が赤になり、タクシーを減速させた時だった。一人の男がよろめきながら歩道から飛び出してきた。そして、男のタクシーに気づくと、手を上げながら近づいてくる。男は思わず舌打ちをした。本当に今日は運が悪い。最後の最後まで客に腹を立てなければならない日らしい。

——まあ、いいか。急ぐこともない。

これが、最後の客になるのだ。ただ闇雲《やみくも》に走るよりは、いい死に場所を教えてくれないとも限らない。男は仕方なくウィンカーを点滅させ、タクシーを路肩《ろかた》に寄せた。ドアを開けてやると、新たな男の客は上体を屈《かが》め、倒れ込むようにして乗り込んできた。

2

「サ、イ、タ、マ」

客は、ゆっくりと呟くように行き先を告げた。その一言を聞いて、男は自分の決断が甘かったことを後悔した。ここは神奈川県の川崎市なのだ。これから都内を抜けて埼玉まで行くとなったら、メーターは相当に上がるだろう。だが、乗り込んできた客は、どうやら泥酔している様子だし、第一、その服装からしても、それほどの金を持っているようには見えない。男にもそれなりのタクシー運転手としての勘が培《つちか》われ始めている。この客は危ない、金などないに決まっていると、ぴんと来た。いくら全てをあきらめているとはいえ、こういうゴタゴタは不愉快だ。第一、ただでさえ迷惑をかけることになる会社に、余計に面倒をかけるのも憂うつだ。

「お客さん、埼玉って――」

言いかけて振り向いた途端、男は思わず顔をしかめた。乗り込んできたばかりの客は、早くもシートにうずくまってしまっている。

「ちょっと、お客さん、気分が悪いんだったら――」

「――オ願イ、サイタマ、クマガヤ」

客はうめくような声を上げ、それからようやく顔を上げた。そのときになって、男は、客が日本人ではないことを知った。イランか、パキスタンか分からないが、浅黒い肌をして、彫りの深い顔立ちの、若い男だ。

「熊谷？　ええ、埼玉の熊谷に行けっていうの」

「ク、マ、ガ、ヤ」

どうやら、自分はつくづく運から見放されているらしい。死出の旅の直前に乗せた最後の客が、こんな言葉もろくに分からない、金もなさそうな野郎だとは。

「あんた、金はあるのかい」

改めて客を見ると、またもやうずくまっていた男は、いかにも面倒臭そうに、再びゆっくりと顔を上げた。悲しげで、切なそうな表情。そのとき、男は車内に生臭い臭いが漂い始めていることに気づいた。酒の匂いではない。客の体臭だろうかと思いながら、「どうなんだい」と続けると、相手は、何か言いたげな表情で、男を見つめ返してきた。口を開きかけようとして、だが、彼は顔を大きく歪《ゆが》める。男は、何か変な感じがし始めた。客の表情は、酔っているものとは違うと思う。それに、喘《あえ》ぐような呼吸と、うずくまるような姿勢は、明らかに、苦痛を示している。

――だけど、芝居だったら？　人気《ひとけ》のないところまで走らせて、最後に後ろから殺《や》る気じゃないのか。

自分の意志で死ぬのならいざ知らず、殺されるのなんて真《ま》っ平《ぴら》だ。何しろ、相手は日本人ではない。ナイフくらいは持ち歩いているのだろうし、こちらの常識など、何も通用しないかも知れないのだ。

「オ願イ、シマス。クマガヤ、早ク――」

喘ぐような声が再び聞こえた。男は恐怖を感じながら、街灯の少ないがらりとした道路の片隅で、今度は目を凝《こ》らして相手を見た。

――震えていやがる。

よく見ると、客が自分の腹部をおさえていることに気づいた。しかも、彼がおさえている辺りの服の色が変わっている。明らかに、何かが染み出しているのだ。

「おい、あんた——」

男は身を乗り出した。すると、相手はさらに怯《おび》えたような表情になり、「ダイジョブ、ダイジョブ」と繰り返している。

「大丈夫なもんかよ、ちょっと、おい」

男はシート越しに手を伸ばして、この季節には少しばかり薄すぎる客のブルゾンをまくり上げた。客には抵抗する力も残っていない様子だ。ただ、うめくような声を上げ、唇を震わせている。ブルゾンの下の、チェックの柄のシャツにも、黒々としたしみが出来ている。そして、その中程には、鈍い光を放つナイフが刺さったままになっていた。

「おい、これ——」

男はさすがに血の気が退《ひ》く思いで、慌《あわ》てて伸ばした手を引っ込めた。

「大変だ——病院、病院に行こう」

急いでサイドブレーキを戻そうとした途端、だが、背後から「ダメッ」という声がした。

「何でだよ、あんた、刺されてんだぞ。怪我《けが》、してんじゃないかよ」

「ダメッ、病院、ダメッ」

客は、最後の力を振り絞るような声を出す。男は、自分の方が慌てているのを感じながら、「なんでっ」と苛立った声を上げた。

「病院、ダメ。私、ビザ、切レテマス。日本カラ出サレル、ダメ」

「そんなこと言ってて、死んだら、どうするんだよっ」

「オ願イ、私、クマガヤ、仲間、イマス」

男から見ると、日本人とは異なる客の顔は、それほど必死には見えなかった。だが、そう言っている間にも、出血は続いており、やがて、シートにも血が広がり始めた。客は震えながら、ただクマガヤと言い続けている。

「オ願イ、仲間、クマガヤ」

「――分かったよ。熊谷だな」

それだけ言うと、男はひとまずタクシーを降り、トランクから毛布を二枚取り出してきた。後部のドアを開けて、震えている客をくるみ、もう一枚をシートに敷く。

「連れてって、やるよ。寒いか、うん?」

シートを汚す客ほど迷惑なものはない。酔って、運転中に吐かれたりすると、運転手は自分で車内を洗い、臭いが取れるのを待たなければならなくて、結局、その日一日は使いものにならなくなる。しかも、この客と来たら血液で車内を汚しているのだ。だが、男にすれば、そんなことはもはやどうでも良いことだった。どうせ、今夜で最後になる車だ。この客を乗せなければ、数時間後にはスクラップになる運命の車なのだと思えば、どうということもなかった。

「飛ばすからな、横になって、気をつけてろ」

再び運転席に戻ると、男は車を発進させた。毛布にくるまれても、まだ震えている客は、意識だけははっきりしているらしく、小さな声で「ハイ」と言った。男は片手でハンドルを握りながら、常に助手席に置いてある道路地図のページをめくり、熊谷の辺りを探した。とにかく首都圏は広い。半年程度の経験では、まだまだ知らない道や町名が、山ほどあった。

「住所、言えるかい。または、目印になるものとか」

信号が赤になるたびに地図をのぞき込みながら、男は背後に話しかける。その都度、喘ぐような声が、たどたどしい日本語で、少しずつ返事をする。どうやら、その客は熊谷の外《はず》れにある工事現場に住み込んでいるらしかった。

「そんなところから、どうして川崎くんだりまで、来たんだよ」

「——好キナ人、イマシタ。フィリピン、ダンサー」

悲しげな声が答えた。

「何だよ、女か。フィリピン人のか」

ルームミラーをのぞき込みながら聞き返すと、客は、情けない表情で頷《うなず》いている。男は、とにかく相手の意識を失わせまいと思って、「それで？」などと言いながら、アクセルを踏み続けた。

3

高速を使って都内を走り抜け、男は埼玉に向かってひた走った。

頼りない会話をつなぎ合わせると、どうやらその若者はイラン人で、自分が惚《ほ》れていたフィリピン人ダンサーの新しい男か、または彼女の働く店の誰かに腹を刺されたようだった。以前は埼玉の店で働いていたという彼女に熱を上げていたそのイラン人は、彼女が店を替わっても諦《あきら》めることが出来ず、休みの度に電車を乗り継いで、はるばる川崎まで通っていたらしい。聞けば、まだ二十六歳だという彼は、自分が刺されたという事実よりも、裏切られたショックの方が大きいらしく、途中からは涙ぐみ始めた。

「私、彼女、好キ。彼女、知ラナイ男、一緒ニ、私ヲ邪魔デス、言イマシタ」

結局、その青年は、相手を脅すつもりで出した自分のナイフで、逆に腹を刺されたらしかった。

「何だか、しまらねえ話だなあ」

男は、思わず苦笑しながら、毛布にくるまり、孤児のような頼りない顔つきをしている客を見た。男の言葉の意味が分からなかったらしく、彼は、小さく鼻を鳴らしながら、目を伏せている。

「女なんてえのはな、そんなもんだって」

「——」

「あいつらは、男を裏切るように、出来てんだよ——俺の女房も、そうだったさ」

思い出したくもない、だが、忘れようにも忘れられない過去だ。

「いい暮らしをさせてやりたい一心、幸せにしてやりたい一心で、こっちは身を粉《こ》にして働いてたっていうのにな」

こんな話をするのは、何年ぶりのことだろう。とにかく、逮捕されて以来のことだ。だが、相手がほとんど言葉を解さない気安さからか、男は、生涯口にするまいと思っていた自分の過去を、ごくあっさりと語り始めていた。

「まったく——世の中なんて、何があるか、分かったもんじゃ、ねえよな」

男は、もともとは愛知の生まれだ。平凡な家庭に生まれ育ち、地元の大学を卒業した後は電機メーカーに技術者として就職した。二十六歳のときに結婚して、二十八歳で父親になり、その後、口をきいてくれる人がいて、三十代で小さな会社を興《おこ》した。それからは、寝る間《ま》も惜しんで働いた。会社は少しずつ大きくなり、経営も安定していき、男は、地元では、ちょっとした名士に数えられるようにまでなった。

「どこへ行っても、俺に頭を下げない奴はいなかったな。市会議員も、県会議員も、誰もが俺に一目置いてたもんだ。ゆくゆくは、俺自身も選挙に打って出ないかなんていう話もあったくらいだ」

背後の客が、ほとんど理解できていないのは分かっていた。だが、男は話し続けた。

「不思議に思ってるんだろう？　そんな男が、どうしてタクシーの運転手になったんだってな」

落とし穴は、いつ、どこで口を開けているか分からない。数年前、男は親友に頼まれて、借金の連帯保証人になった。十数年来の付き合いになる、まるで兄弟のような間柄だった親友も商売をしており、事業規模を拡大するために、融資を受けたいのだという説明だった。

「考えてみれば、よくある話だよな。だけどあの時、俺は、まさかあの野郎が自分を裏切るなんて、思ってもみなかったんだ」

男が保証人になった親友は、融資を受けた数日後には、街から姿を消していた。そのときになって、事業規模を拡大したいなどというのは真っ赤な嘘《うそ》で、親友の商売は、既に億に近い負債を抱えていたことが分かった。男は、これまで踏み固めてきた自分の足元が、瞬く間に崩れ去るのを感じた。男自身、自分の会社をそこまで大きくするには、それなりに危ない橋も渡っていたし、銀行からの融資は限度額ぎりぎりに達していたのだ。

「それだけなら、まだ良かった。女房と子どもさえいてくれたら、俺はやり直せる、きっと立ち直ってみせるって、すぐに思ったね」

悄然《しょうぜん》となりながら、とにかく家にたどり着いたとき、だが、男が目の当《ま》たりにしたのは、夫婦の寝室で、見知らぬ男と睦《むつ》み合っている女房の姿だった。愕然としている男に、女房は、ふてくされた笑みさえ浮かべて言ったものだ。夫らしいことも、父親らしいことも、何一つしなくて、いつでも仕事、仕事、仕事。家には寝に帰るだけだったような人が、今更《いまさら》、亭主づらしないでもらいたいわね——。

あの瞬間、男の中で何かが切れた。そして、気が付いたときには、ベッドの中の女房と間《ま》男《おとこ》に、包丁を向けていた。

「俺は、自分が悪いことをしたなんて、これっぽっちも思わなかった。だって、考えてもみろよ。誰のお陰で、あんな生活を送れていたと思うんだ？　好きな物を着て、好きなものを食って、大きな家に住んで。それなのに女房の奴、俺が家庭を顧《かえり》みなかったって、俺を罵《のの》しりやがった」

幸いなことに急所を外れたが、男の突き立てた包丁は、間男の腹部に深く刺さった。あの時の女房の悲鳴を、男は今でもはっきりと覚えている。そして男は、殺人未遂で逮捕された。男が「殺してやる」と口走ったことを証言したのは、ちょうど帰宅した最愛の一人息子だった。息子は、以前から母親の不倫を知っていたという。だがそれも、父親が家庭を顧みなかったから、仕方がないのだ、母親は可哀相だったと、彼は証言した。

「そして、俺は何もかも失った——分かるか？　何もかも、だ。会社は人手に渡って、女房からは、俺が刑務所に入ってる間に、離婚届が送り届けられてきた。そして、息子と一緒に、どっかに行っちまった」

出所した男を待っていたのは、かつて経験したこともないような世間の冷たい風だった。結局、地元にもいられなくなり、他に出来ることも、雇ってくれるところもなくて、男は各地を転々としながら、何とか食いつないできた。大阪にも行き、静岡にも、福岡にも行った。そして半年前に東京にたどり着き、案外苦労人らしい人事担当者のお陰で、現在の職にありつけたというわけだ。

「だけど、いつも思う。俺は一体、何のためにこんなことをしてるんだろうってな。俺の人生ってやつは、どうなっちまうんだろうって。社長と呼ばれた俺は、もうどこにもいない。一体、どっちが本物なんだ、どっちが夢なんだって」

「――ユ、メ」

背後から、かすれた声が聞こえてくる。出血が続いている客は、明らかにぐったりとしてきて、その声も、ますます弱々しくなりつつあった。男は、背後に「死ぬなよ」と声をかけながら、北へ北へと走った。高速を降りる頃には、闇はいっそう深くなり、外の気温も下がってきているのが分かった。

「頑張れよ」

「――――」

「皮肉なもんだよな。本当は、もう何もかもおしまいにしようと思ってた俺が、あんたに対しては『頑張れ』なんて言ってんだから」

熊谷市内に入ったところで、男は電話ボックスを見つけ、いったんタクシーを止めた。そして、意識の薄れかかっている客から、やっとのことで連絡先の電話番号を聞き出した。既にシートにも血が広がっており、足元のマットも汚れている。それでも客は、「病院、ダメ」を繰り返している。

「分かってるって。だから、連絡先を聞いてるんだろうが。あんた、もう道順なんか説明できないだろう？」

男が言うと、明らかに土気色《つちけ》になりはじめている顔で、客は弱々しく頷いた。そして、目をつぶってしまう。出血の量から考えても、ぐずぐず出来ないことは明らかだ。男は、聞き出したばかりの電話番号を書いたメモを握りしめて、電話ボックスに走り寄った。十回以上のコールの末、ようやく電話口から聞こえてきた言葉も、明らかに日本人のものではない。それでも男は、懸命に事情を説明した。

「いるだろう？　あんたとこの仲間で、今夜、川崎に行った奴が」

「――カワサキ」

「そう、川崎だよ。フィリピン人のダンサーに会いにさ」

「アア、ハイ、ハイ」

それから男は、寒さと焦《じ》れったさに足踏みしそうになりながら、彼らの仲間が大怪我《おおけが》をしていること、病院に行きたがらないことを説明し、何とか彼らの住まいまでの道順を聞き出して、再びタクシーに戻った。もう、何を話しかけても答える力も残っていないらしい客に「しっかりしろ」などと言いながら、再び車を走らせる。

——死ぬなよ。あんた、まだ若いんじゃないか。

可能な限りスピードを出して、電話で聞いた目印を頼りに車を走らせていくと、やがて対向車もなくなり、道は徐々に細くなって、それも砂利道になってしまった。それでも、とにかく走る。目の前に山の影が迫ってきていた。

大きなカーブを曲がったところで、ふいに、ヘッドライトがプレハブ造りの建物を捉《とら》えた。その近くまで行ったところで、男は車を止めた。エンジンを切ると、途端に、静寂が押し寄せてくる。男は息を殺して、周囲の様子を窺《うかが》った。

ふと気が付くと、車の周りに無数の目が光っている。男はぎょっとなって辺りを見回した。さっきまでまるで気が付かなかったのだが、闇の中で目ばかりを光らせながら、数十人の外国人が、タクシーを取り囲んでいるのだ。彼らは無言で、一歩一歩こちらに近づいてくる。男は思わず恐怖を覚えながら、とにかく後部のドアを開けた。説明すれば分かってもらえるだろうか、別に、男がこの客を傷つけたわけではないと、理解してもらえるだろうか。頭の中で様々なことが駆け巡る。数人の男が、口々に何か言い合いながら、ぐったりとしている客を運び出しにかかった。そして、黙って彼を抱え、プレハブの建物に向かって歩き出す。

「あんたたちの仲間に、間違いないんだな?」

思い切って声をかけると、一番傍にいた、やはりイラン人らしい男が、こっくりと頷いた。

「確かに、届けたからな。ちゃんと、手当てしてやらないと、まずいと思うぞ」

また、こっくり。こんな淋《さび》しいところで、闇に紛《まぎ》れるように見える浅黒い肌の人々に取り囲まれるのは、そう気持ちの良いものではない。男は早々に退散することにした。だが、彼らの一人が、ドアを閉められないように押さえつけている。

「お、おい、何、すんだよ」

本物の恐怖がこみ上げてきた。やはり、自分はお人好しなのだろうか、またもやとんでもない間違いを犯してしまったのだろうかと思った。タクシーを取り囲んでいるイラン人たちは、互いにひそひそと何かささやきあいながら、それぞれがズボンやブルゾンのポケットに手を突っ込んでいる。ナイフが飛び出すのか、またはピストルだろうか。男は、泣きたいくらいになってきた。

「やめろよ、俺は親切で運んできてやったんじゃないか。もう、用はないはずだろうが、分かるだろう、なあ?」

やがて、男の目の前に、のっぽの男の一人が大きな黒い手を差し出した。見ると、両手いっぱいに、数枚の札に混ざって、五百円玉から一円玉までの、様々な硬貨が集められている。

「アリガト、ゴザイマシタ。オ金、コレシカ、アリマセン。ゴメ、ナサイ」

男は呆気《あっけ》にとられたまま、おずおずと両手を出し、その金を受け取った。客が日本人ではないと分かったときから、しかも怪我をしていると知ったときから、もう運賃のことは忘れていたのだ。どうせ、これから死のうという自分には、もはやメーターの料金など関係ないと思っていた。

「ああ、おい、俺はそんなつもりじゃ――」

「仲間、助ケマス。私タチ、助ケマス」

「あのさ、やっぱり病院に連れてってやった方が、良くはないか？　何だったら、俺が近くの病院まで乗せてってやるからさ」

だが、彼らは「ダイジョブ」を繰り返し、それから黙って後ろを向くと、再び闇に紛れてプレハブの建物に向かって歩いていってしまった。男は、半ばぼんやりと、彼らの後ろ姿を見送った。漆黒《しっこく》の闇の中で、建物の窓から洩《も》れる明かりだけが、不思議な程に暖かく見えた。

東京へ向かって走る途中、男は、まるで夢でも見ていたような気分になっていた。だが振り返れば、シートは確かに血で汚れたままだし、一枚だけ残された毛布も、もう使いものにならない程に血を吸っている。

——今日はもう、車庫に戻るしか、ねえな。

そして、しっかり車を洗わなければならないだろう。いくら明日にもクビになるとはいえ、立つ鳥跡を濁さずという言葉もある。

考えれば考えるほど、あの客のことが気がかりだった。何もあんな若さで死ぬことなどないではないかと思う。まだいくらでも、やり直せるのだからと言いたかった。そして、ふと気が付いて、思わず苦笑してしまった。これから死のうと思っている人間の台詞にしては、あまりにも陳腐だと気づいたのだ。

——ありがと、か。

実に久しぶりに聞いた言葉が、少しずつ心の中に広がっていく。人に感謝された、誰かの役に立ったということが、自分でも意外なほどに嬉しかった。男はふと、今度は熊谷辺りで仕事を探しても良いかも知れないと考え始めていた。東京のような大都会ではなくて、むしろ、人と人との付き合いの生まれやすい、もう少し小ぢんまりとした町で暮らす方が、男の性分には合っているのかも知れない。

——見舞いに行ったついでに、探すっていう手もあるよな。陽当たりのいいアパートと、居心地のいい職場と。

明日の予定を考えるなんて、何年ぶりのことだろうと思いながら、男は明け方に差し掛かろうとしている道を、都心に向かって車を走らせ続けた。助手席の道路地図の上には、小銭で膨れ上がった布の袋が置かれていた。

夕立

1

小さな机がぽつんと置かれているだけの愛想のない狭い部屋で、しばらくぼんやりとしていると、制服のポケットの中でポケベルが震えた。千紗《ちさ》は、部屋の入り口をちらりと見、素早くポケットに手を入れた。

「オハヨウキョウモイイテンキ　マサ」

液晶の画面には、マサくんからのメッセージが浮かび上がっている。千紗は思わずにこりとして、今度は通学カバンに手を伸ばした。取り出したのは、PHSだ。もう一度、部屋の入り口を見て、何の変化もないことを確かめながら、素早くマサくんのポケベルの番号をプッシュする。もちろん、PHSのアドレス機能に記憶させているのだが、自分でも覚えている番号は、指でプッシュする方が早い。

「キョウモゲンキデガンバロウ　チサ」

いかにも慣れた手つきで小さなボタンを素早くプッシュし終えたとき、部屋の外に靴音が近付いてきた。千紗は急いでPHSをしまい込み、両手を膝《ひざ》の上に置いた。

「待たせて悪かったね」

顔を出したのは、さっき会ったばかりのお巡《まわ》りさんだ。大きな丸い顔をしていて、その上にのっている帽子がまるで似合っていないと思う。けれど、日焼けした顔は案外親切そうに見えた。

「相手がね、認めたから」

千紗は、お巡りさんの顔を見上げたまま、当然というように小さく顎《あご》をしゃくって見せた。

「『すみませんでした』って、謝ってるよ」

今度は、わずかに唇《くちびる》を尖《とが》らせながら、こくりと頷《うなず》く。

「よく、勇気を出したね」

お巡りさんは満足そうに頷いて、「さて」と言いながら、机の向こうに回り込み、千紗の前に座った。

「これから、なんだけど」

机の上で手を組んで、お巡りさんは千紗の顔をのぞき込んでくる。千紗は上目遣いに大きな丸い顔を見た。

「あの男はさ」

「――」

「学校のね、先生なんだって」

「――先生？」

「中学のさ、教頭先生なんだってさ」

千紗は目を丸くしながら「どこの？」と聞き、相手が何を言うよりも前に、「最低！」と呟《つぶや》いていた。お巡りさんは、半ば苦笑するような表情で、もっともだというように頷いた。

千紗は大げさにため息をつき、顔をしかめて、さらに「教頭」と呟いた。

「そんな人が、ああいうこと、するんだ」

これまで二週間近くの間、電車で乗り合わせる度に、千紗のお尻を触り続け、ついにはスカートの中にまで手を入れてきた男が中学の先生だとは。

「どこの学校？　何ていう名前なんですか」

千紗が身を乗り出すと、お巡りさんは困ったような笑みを浮かべて「まあねえ」と曖昧《あいまい》な返事をした。

「本人は、『本当に、申し訳ないことをした』って、何回も謝ってるから」

「だから、どこの学校の先生？　まさか、私の出た中学だったら、嫌だから」

お巡りさんは、「もっともだ」と頷き、それから痴漢の名前と勤め先を教えてくれた。

「とにかく、充分に言って聞かせたから。本人も、もう二度としないって、誓ってる」

そして、今回だけは許してやるつもりにはなれないかと続けた。千紗は、さらに目をむいて相手を見た。

「許すって——」

「ほら、相手には仕事もあるしさ、何ていうかな、社会的な立場っていうものも、あるし」

「つまり、世間体っていうことですか」

「相手がしたことは悪いんだ。完璧に犯罪だ。それは、間違いない。だがね、あの男にも仕事があって、家庭があって、大きな子どもも二人いるんだと。電車の中で痴漢をして捕まったなんていうことが分かったら、まあ、こう——」

「台無しになるっていうこと？」

お巡りさんは、まるで痴漢の味方をしているみたいな、少しばかり気弱に見える笑顔になって、「そういうことだね」と頷いた。

「どうだろう。もう二度とやらないって約束してるんだし、今度だけは、勘弁してやってくれないかな」

「勘弁って？」

つまりね、と前置きをして、お巡りさんは、出来ることならば、痴漢を訴えないでやってもらえないかと言った。罪は罪だが、特に教育者ということもあり、もしも逮捕しなければならないとなると、彼は仕事を失うことになる。新聞にも書かれるだろうし、テレビでも報じられることだろう。そこまで追い詰めてしまうのは、少しばかり気の毒ではないかというのだ。

「もちろん、被害者の意志は尊重されるんだから、あなたがどうしても許せないっていうんなら、捕まえないわけにはいかないんだがね」

「――」

「ご家族と相談してから決めるんでもいいんだが、どうだろう、今、ここに連れてきて、あなたの目の前で、ちゃんと謝らせるから」

「――謝ってくれるんなら」

　唇を尖らせたまま、結局、千紗はそう答えていた。お巡りさんは満足そうに頷くと、千紗を物分かりが良いと褒《ほ》めてくれた。そして、一旦立ち上がって部屋を出ていき、数分後には、別の部屋で話を訊《き》かれていたらしい痴漢を連れて戻ってきた。

「――すみませんでした」

　千紗に向かって頭を下げる男は、朝っぱらから疲れ果てているように見えた。ほとんど毎朝顔を合わせていた相手だが、こうして一定の距離を保って向かい合ったことがなかったから、千紗は何となく珍しい気がして、相手をしげしげと見つめてしまった。細面《ほそおもて》で、髪に白いものが混ざっている、気の弱そうな男だと思う。スーツも地味だし、手に提《さ》げている薄いカバンも古びていて、教頭と言われれば、なるほどそうかと思うような風貌《ふうぼう》だった。

「もう、やめてくださいよね」

千紗の言葉に、教頭は顔を上げないまま、聞き取れないくらいの小さな声で「はい」と言った。隣に立っていた例のお巡りさんが、男と千紗とを見比べて、今度こういうことになったら、その時はただでは済まないということを説明した。男は何度も頭を下げ、ひたすら「すみません」を繰り返していた。

結局、その日は三十分以上も遅刻して、千紗は学校に着いた。学校へは警察から連絡を入れておいてくれるということだったから、まずは職員室に行くと、ほとんど授業に出払って数人しか残っていない中から、副担任の大原先生が顔を上げた。

「警察から連絡があったわ」

長い髪を後ろで一つにまとめ、今日は半袖のニットにプリーツスカートという出で立《いた》ちの先生は、せかせかとした足取りで職員室から出てくると、眼鏡の奥の目を陰険そうに細め、腕組みをして、しげしげとこちらを見る。

「隙《すき》があるから、そういうことにばっかり、なるんじゃないの?」

「――好きで、痴漢なんかに遭《あ》いません」

「だったら、自分自身でももう少し気を付けるべきなんじゃない?」

「――気を付けるっていったって」

するとと大原先生は、大きく息を吸い込んで千紗の全身をくまなく見回した上で、荒々しく鼻から息を吐き出した。

「いつも言ってるでしょう？　必要以上にスカートを短くしたり、だらだらするのはやめなさいって」

「――――」

「痴漢だって、相手を見ると思うわよ。隙があって、ちょっとくらい悪戯《いたずら》しても大丈夫だと思うから、手を出してくるんでしょう」

　この女は、きっと痴漢になど遭ったこともないに違いない。千紗は下を向いたまま、大原先生のざらざらした声を聞いていた。だけどまあ、この女だって、一歩外に出たらどんな風に変身するか、分かったもんじゃない。

「先生、捕まった痴漢て、どんな人だったか聞きました？」

　ふいに言うと、大原先生は疑わしげな表情のまま「いいえ」と答える。千紗は、にっこりと笑って「先生だって」と言ってやった。大学を出て、まだ数年しかたっていないはずの大原先生は、きょとんとした顔になって小首を傾《かし》げた。

「中学のね、教頭なんだって」

「――そうなの？」

「最低だよね。学校の先生がさ、そういうことするなんて」

そこで千紗は大げさに肩をすくめ、深々とため息をついて見せた。

「まったく。最近の先生は、質《たち》が悪いよね。こんなんじゃ、生徒は誰を信じりゃいいのかなんて、分かりゃしないよね」

それだけ言うと、千紗はわざとらしく会釈《えしゃく》をして、さっさときびすを返した。大体、自分の教え子が痴漢に遭ったというのに、「大変だったわね」でも「大丈夫」でもなく、「隙があるんじゃないの」とは、何という言いぐさなのだと思う。そういう突き放した言い方しかできないから、生徒から嫌われるのだ。

どうせなら二時間目から授業に出れば良いだろうと考えながら、のろのろと廊下を歩いていると、再びポケットの中でポケベルが震えた。

「ジュギョウタイクツ　ナニシテル？　M」

今度はみどりちゃんからのメッセージだった。千紗は、体育館に通じる廊下の片隅に寄りかかると、またもやPHSを取り出して、素早く返事を送った。

「チコクシチャッタ」

「ドシテ？」

「チカンツカマエタ」

折り返し「モウ？」というメッセージが届いたときには、思わず独りでに笑みが浮かんだ。取りあえず、今日の夕方に待ち合わせをすることにして、みどりちゃんとの会話は終わった。

一時間目の授業は、あと十分ほどで終わる。それまで手洗いに寄って髪の毛でもいじろうと思いながら、千紗は教室への階段を上っていった。

2

その日、みどりちゃんとの約束の時間まで、千紗は学校の友だち四人とぶらぶらして過ごすことにした。期末テストも終わって、授業は午前中で終わりだったから、学校を出たときにはお腹がぺこぺこだった。

取りあえず、夕方まで学割の利《き》くカラオケボックスに行って、ドリンクとセットになっている安いランチを注文し、二、三曲ずつを歌った。それから、可愛い小物を売っている店をぶらぶらして、ゲームセンターでプリクラをしたが、建物から一歩でも外に出ると、とにかく暑くてたまらないから、冷房の効いているところばかりを探して歩き回った。

「ねえねえ、夏休み、どうする?」

「バイトのこと? どうしようか」

喉《のど》も渇いたし足も疲れて、マクドナルドに寄ると、千紗たちはそんな話を始めた。ガラス窓を通して見る都会の空は、何故だかピンク色に見えた。途中で何度となく、ポケベルやP

HSが鳴る。それは、何も千紗に限ったことではなかった。誰もが百人や二百人の友だちくらい、普通に持っているのだから、忙しいのはお互い様だ。

「私さ、やっぱりこういう店がせいぜいって感じ」

友だちの一人がため息混じりにマクドナルドの店内を見回した。彼女は、千紗の友だちの中でも親が厳しい方で、夜だって七時までに帰らないと、うんと叱《しか》られるという話だった。だから、彼女は普段はアルバイトもさせてもらえず、結局のところ、友だちの中では一番貧乏している。

「うちの親は、予備校に行ったらどうだって言ってる。まあ、予備校に行くふりして、バイトだって出来るんだけどね」

「うちは、別に何も言ってないけど。ねえねえ、海行きたいと思わない？」

「行きたぁい！　夏っていったら、海だよねえ」

「やっぱ、バイトしなきゃ、無理だよね」

口々にそんなことを言い合ったところで、友だちは、千紗は、と聞いてきた。

「バイト、もう決めてる？」

千紗は軽く小首を傾げて、アルバイトをするつもりはないと答えた。友人たちは、誰もが一様に驚いた顔で「マジ？」と言った。

「それで、大丈夫なの？　だって千紗、最近あっちのバイトだって、やってないじゃん」

一人の友人が、やたらと細い眉をひそめて、いかにも疑わしげにこちらを見た。「あっち」のバイトというのは、春先まで登録していたデートクラブのことだ。客の要求に応じて、お茶を付き合ったり、一緒に食事をしたり、時にはホテルに行ったりするアルバイトは、それなりに面白かったのだけれど、最後に付き合ったおじさんが、ホテルに行った途端に「縛《しば》らせてくれ」と言い出したとき、何だか急に嫌になってしまった。いくら割が良いとはいえ、知らないおじさんに縛られるのは、やはり気味が悪かった。

「それとも、他に何か見つけたとか？」

千紗が名前を登録していた場所とは違うが、やはりデートクラブでアルバイトをしている友だちの一人が、興味津々《しんしん》といった表情になった。得をする情報なら、何にでも飛びつきたがる彼女の性格は、千紗だってよく承知している。だが千紗は「なにも」と答えた。

「嘘《うそ》。そんなんで、どうやってんのよ」

「前に言ったじゃん？　結構、貯金してたしさ。親が、お小遣い上げてくれたって」

千紗の説明を信じたかどうかは分からないが、友人は「ふうん」と言ったきり、口を噤《つぐ》んだ。千紗の周りの連中は、皆がそうだ。決してしつこく相手の問題に立ち入ろうとはしない。面倒な話になってはたまらないし、「あの子はうるさい」などと思われてしまっては、仲間から孤立する恐れがあるからだ。だから、当たり障りのない話だけをしながら、あとは適当に楽しく過ごし、プリクラあたりでその記録を残して、そんな感じで日々が過ぎれば、まあまあハッピーというのが、千紗たちの考え方だった。

四時過ぎまで彼女たちと過ごすと、千紗はみどりちゃんとの待ち合わせの場所に向かった。約束の時間より五分ほど遅れて現れた彼女は、黒いパンツスーツに着替えていて、長い髪も豊かにカールさせていた。

「すごい。シブイじゃん」

「だって、今日行くつもりなんでしょう?」

煙草《たばこ》をくわえながら不敵に笑う彼女は、制服の時よりも五、六歳は大人に見える。一緒に遊ぶときと違って、アイシャドウも口紅も地味で落ち着いた色を使っているから、余計に素敵に見えた。

「最近、千紗ってヒットが多いよね」

「才能、あんのかな」

「で、どんなヤツ」

「中学のね、教頭だって」

千紗の説明に、みどりちゃんは「へえっ」と感嘆の声を上げ、なかなか良い相手を見つけたものだと喜んでくれた。千紗は、痴漢が捕まるまでの顚末《てんまつ》を説明した。二週間ほど前に目を付けた男は、いつも真っ直ぐに前を向いていて、姿勢が良く、いかにも生真面目《きまじめ》そうに見えた。最初は一か八《ばち》かという気持ちだったが、所詮男などというものは、千紗たちのような若い娘に身体を寄せられれば、ついつい奇妙な気分になるものだ。それは、千紗がこれまで出会ってきたデートクラブの客を見ていても分かっている。客の大半は、誰もが一見真面目そうな、地味な雰囲気の中年男ばかりだった。

「でも、こんな時間には、もう学校にいないかも知れないよね。夏休み前だし」

「先公はそんなこと、ないんじゃない？　成績表とかつけなきゃならないんだろうしさ」

とにかく電話をしてみようということになって、千紗たちはまず、今朝のお巡りさんから教えられた中学の電話番号を調べた。それから、みどりちゃんが中学に電話をした。

「尾形先生、おいでになります？　ええ、教頭の、尾形先生——はい？　あ、斉藤と申しますが——いいえ、父兄ではありません」

みどりちゃんの口調は、もうすっかり慣れている感じで、いかにも大人っぽい。千紗は、まるで相手が目の前にいるかのように、澄ました表情で受話器を握る彼女を、半ば感心しながら見つめていた。やがて、彼女はぱっと表情を変えて千紗にサインを送ってきた。心がきゅっと引き締まって、ワクワクしてくる。

「尾形先生ですか？　実はですね、今朝のことで、ちょっとご相談したいことがあるんですが——今朝のことです。そう言えば、お分かりでしょう？」

言いながら、横目でこちらを見てにやりとするみどりちゃんに、千紗も笑みを返した。今朝、自分に向かって何度も頭を下げていた痴漢の顔が思い浮かぶ。おでこに一杯、つぶつぶの汗を浮かせて、教え子と変わらないような小娘に、あんな態度をとらなければならなかった、哀れな教頭。

「電話では何ですから、これから伺《うかが》いたいんですが——もちろん、本人もまいります——私ですか？　彼女の従姉《いとこ》です。今日の午後になって、職場に連絡をもらいまして」

学校に行っても良いかというみどりちゃんの言葉に、先方は慌てて他の場所を提案している様子だった。数分後、みどりちゃんは痴漢との待ち合わせの場所を決め、「よろしく」と言って電話を切った。

「あんた、制服じゃない方がいいかも」

電話ボックスを出ると、みどりちゃんがこっちを向いて言った。中学と高校の違いはあるが、夏休み前のこの時期に、遅い時間まで制服でいる少女を教育者がどう思うか、ということだ。待ち合わせの時間までは、あと一時間近くあった。

「みどりちゃん、いくら持ってる？」

「四万、ちょっと」

「じゃあ、足りなかったら貸してくれる？　私、あと二万くらいしかないからさ」

「オーケー」

決まりだった。千紗たちはさっそく連れだってファッションビルに飛び込み、平凡で、おとなしそうに見える服——もちろん、あとでアレンジがきく程度の——を選び始めた。こういう服ならば、もしかしたら後からお母さんにお金をもらえるかも知れないと思うような品を買って化粧室で着替えると、もう時間は残っていなかった。千紗たちは笑顔で頷きあい、駅に向かった。これで夏休みのバイトは必要ない。そう思うと、自然に笑顔になった。

3

みどりちゃんと知り合ったのは、ゲームセンターのプリクラの前だった。十六分割のシールを友だちと分ける為に、備え付けてあるハサミを使おうと並んでいるとき、前と後ろとで言葉を交わしたのが最初だ。初めて会ったときから、千紗は彼女が気に入った。みどりちゃんは大人っぽくて落ち着いていて、そのくせ、あまり白《しら》けた雰囲気がなかった。向こうでも、千紗が気に入ったらしい。その場で一緒にプリクラをし、お互いのポケベルの番号を教えあって、それからは急速に親しくなった。ちょうど新学期、まだガキっぽい一年生が入ってきて、去年の自分のことを思い出し、何だか急に老け込んだような気持ちになった頃のことだった。

「デートクラブ？　まだ、そんなことやってんの」

ある日、彼女と会っている最中にクラブから呼び出しがかかったときに、千紗はそう言われた。みどりちゃんは、少しからかうような表情で、そのバイトは長くは続けられないだろうと言った。確かに、その通りだった。千紗の行っているデートクラブでは、最近は中学生の子も増えていて、高校二年というと、もうすっかりオバン扱いをされるようになりつつあったのだ。第一、最近は警察もうるさいみたいで、あまり油断してもいられない雰囲気になってきている。

「サツに捕まっちゃ、洒落《しゃれ》にならないじゃん」

みどりちゃんは、ゆっくりと落ち着いた口調でそう言った。

「だけど、テレクラとかだって、だるいし」

「ありゃあ、ヤバいよ。どんな相手が来るか分かったもんじゃないからさ。マジでヤバいヤツとかに会っちゃうと、後々が面倒だしね」

千紗は、彼女からバイトの話を聞いたことは、それまでに一度もなかった。けれどその割に、彼女はいつもリッチで、持ち物だって高いものばかりだ。もしかすると、決まったパパでもいるのか、さもなければ、彼氏に貢がせているのだろうかと思ったりもしたが、みどりちゃんは同級生の彼氏がいるだけだと笑った。

「ラグビーやってんだけどね、練習ばっかりだし、合宿所で暮らしてるから、デートする時間なんかほとんどないんだよね」

だったら、家がお金持ちなのだろうか。だが、みどりちゃんの父親は普通のサラリーマンだという話で、家庭環境は千紗の家と大差ないに違いなかった。

「こう見えてもさ、私、結構身持ちは堅いんだよ」

「身持ち？」

「今の彼氏と付き合うようになってからは、他の男とエッチしないことにしたんだ」

千紗は「へえ」と頷きながら、ほんの少し、心の奥がちくりと痛むのを感じた。千紗にだって、マサくんという彼氏がいる。マサくんは一日に何回もメッセージをくれるし、週に一、二度は夜中に電話で話もする。けれど、高三の彼は毎日のように予備校に行っていて、デートは十日に一度というところだ。マサくんは、千紗がデートクラブでバイトをしていることなど、もちろん知らない。ちょっと気の毒だとは思うが、やはりお金が欲しいし、その結果、マサくんにだって色々なプレゼントが買えるのだから、仕方がないと思っていた。

「だけど、お金は欲しいしさあ」

千紗がため息混じりに言うと、みどりちゃんは、少しの間、こちらを試すような目つきをしていたが、やがて、秘密を守れるのならば、最高の儲《もう》け方を教えてやらないこともないと口を開いた。それが、名付けて「痴漢ゲット作戦」だ。

方法は極めて簡単、要するに、毎日の通学電車の中で、決まって見かけるオヤジの中から、これはと思う相手に狙《ねら》いを定めて、痴漢に仕立て上げるのだ。こっちから、ごく自然に相手にしなだれかかったり、すり寄ったりして、少しずつ、その気にさせる。絶対に痴漢だと思われないように、両手で吊革《つりかわ》に摑《つか》まっているようなオヤジは無理にしても、電車の揺れに合わせて、相手の手もとにスカートの前を当ててみたり、むこうの股間の辺りにこちらのお尻を押しつけたりしているうちに、大抵のオヤジはムラムラとくるものらしい。もちろん、わざと近づいていることを感じさせてはいけないから、いかにも偶然ぽく一日、二日とくっついているうちに、オヤジたちは何かを勘違いする。そして、三日も過ぎた頃には、こちらが何もしなくても、待ってましたとばかりに手を動かし始めるというわけだ。

「いい？　恥ずかしそうに、うつむくんだからね。緊張してる感じで。出来れば離れたいんだけど、電車が混んでて離れられないって感じにするんだよ」

最初に教わったとき、みどりちゃんはそう言った。こちらが積極的に近づいている雰囲気を、絶対に気取《けど》られてはならないということだ。

「それから、相手の持ち物とか服装とかに気を付けて、そうねえ、最低でも四十代くらいから上を狙うこと」

そして、何日かは我慢して、オヤジが完璧にハマッたと思ったら、それから警察に届ける。最近、警察は痴漢の摘発に一生懸命だから、必ず素早く対応してくれる。痴漢は現行犯でなければ捕まえられない。翌朝からは、自分たちにも分からないくらいに、警察官の包囲網が出来上がることだろう。もちろん、親切な一般市民が気づいてくれても一向に構わない。駅員に突き出してさえもらえれば、こちらの手間も省《はぶ》けるというものだ。

「ある程度の歳になってて、社会的地位もあるっていうオヤジは、最初は白《しら》を切ったって、絶対に謝るから。第一、いい歳をして、自分の娘よりも若いような子を触りまくってたなんて、みっともなくてたまらないじゃない？　そうしたら、警察には『訴えません』って言って安心させてやって、あとで慰謝料をもらうわけ」

逮捕されるのと、ある程度の慰謝料を払うのと、どちらを選ぶか。オヤジたちは、迷わず金で解決しようとする。よほどの貧乏人でも選ばない限りは、絶対に払わないと言い張る男など、まずいないというのが、みどりちゃんの意見だった。

「これなら、学校に行く途中で出来るから、時間は無駄にならないし、相手によっては、一回のゲットで結構稼げるし、無駄なお喋《しゃべ》りしたり、エッチしたりする必要もないってわけ」

千紗は、ひたすら目を丸くして、彼女の説明を聞いたものだ。そして、次の瞬間には、是非とも自分もやってみたいと思った。みどりちゃんは、それならば痴漢をゲットするまでは、お互いの力量に任せるとして、慰謝料の交渉は協力しあおうと言ってくれた。一人で交渉に行くと、足元を見られる可能性があるし、下手な男などに頼むと、話が広がったり、相手が必要以上に警戒する可能性がある。こちらは、あくまでも平凡な女子高生なのだから、身内のものだと名乗って、「女の子の心を傷つけて」などと言える相棒がいれば、いちばん助かるというのだ。

「教頭って、お金持ってると思う？」

「一応は公務員なんだから、安定してるんじゃないの？」

教頭との約束の場所に行く途中、千紗たちはそんな会話を交わした。問題は、慰謝料の請求額だ。みどりちゃんが、これまでに手に入れた最高額は、二百万だという。その時の相手は、どこだか有名な会社の部長さんだったということだ。そんな楽な相手をゲットしたなんて、もっと早く知り合っていたらと思うと、千紗はつい悔《くや》しくなる。みどりちゃんとの相談で、無事に慰謝料が取れた場合は、交渉役に三割を払うというのが約束になっていたからだ。みどりちゃんがゲットしたときは、千紗が今の彼女のように大人っぽいスタイルで、「みどりの従姉ですが」と言うことになっている。

「でも、あんた、この前のお金、まだ残ってるんでしょう?」

「結構、使っちゃったよ」

「そっか。じゃあ、あんまり値切られないようにしなきゃね」

実は、つい三週間前にも、千紗は可哀相なオヤジを一人ゲットしていた。その時の痴漢は、新聞社に勤めている人だった。みどりちゃんは、「マスコミの人がマスコミに騒がれるようなことをして、いいんですか」とか言っちゃって、相手を十分に恐縮させ、その結果、六十万円をせしめることに成功した。三割をみどりちゃんに渡しても、それなりの金額が手に入ったわけだが、今現在、千紗の手元には、もう大して残ってはいない。後から考えると、何に使ったか思い出せないのだが、とにかくあればあっただけ使ってしまうのがお金というものだ。だから、いくらでも欲しくなる。

「みどりちゃんは？　最近はめぼしいの、見つかってないの？」

千紗が聞くと、彼女は、夏休みに入るまでには、何とか一人は見つけてみせると、自信たっぷりの表情で言った。

4

みどりちゃんが、ふうっと煙草の煙を吐き出した。

「常識で判断してって、どういうことですか」

見知らぬ街の、見知らぬ喫茶店だった。千紗は、みどりちゃんの隣に腰掛けて、さっきからずっと、みどりちゃんと目の前の教頭を見比べている。強すぎるくらいに冷房の効いている店なのに、教頭の額には、さっきから汗の玉が光っていた。

「あなたのしたことが、こんな非常識なことなのに、どうしてこちらだけ常識的に動く必要があるんですか」

「しかし、いくらなんでも百万というのは」

「この子がどれくらいショックを受けたか、教育者の先生に分からないんですか」

こういうときのみどりちゃんは、本当に押し出しがきいている。千紗は、今度、自分が交渉役に回ったときの為に、みどりちゃんのそういう態度や口調を、ちゃんと覚えておこうと思っていた。

「それとも先生は、自分の教え子でなければ、別にどうでもいいと、思ってるんですか」

「そんなことは——」

「この子は、警察の人に説得されたそうです。先生にも、家庭もあるだろうし、社会的な立場というものもあるんだから、訴えないでやってくれないかと」

「それは——」

教頭は、俯《うつむ》きがちにこちらを見た。そして、小さな声で「有り難いと思っております」と呟く。その、いかにも卑屈そうな表情と、馬鹿丁寧な口調がおかしくて、千紗は、つい笑いそうになってしまった。先生のくせに、まだ十七歳の自分たちに、こんな言葉で頭を下げなければならないオヤジが、おかしくてならなかった。

「この子の親は厳しい人たちですから、もしも今日のことを話したら、すぐにことを公にするって言い出します」

「——」

「そういうことになっても、困るんじゃないですか」

ウェイトレスが、水を注ぎにやってきた。さっきから、教頭はもう三回もお冷やをお代わりし、その都度、一気に飲み干している。千紗は、おかしいのと同時に少し恥ずかしくて、つくづく格好の悪いオヤジだと思っていた。

「女子高生に手を出したんですよ。本当なら、大ごとになっていて、当然じゃないですか」

みどりちゃんが、きっぱりと言い放った。

「こちらが慰謝料を請求するのは、当然のことだと思いますが」

「だから、お支払いしないとは、申し上げておりませんが、ただ、急に百万と言われましても——」

「じゃあ、分割払いにでもしようっていうんですか」

「そう願えれば——」

「ねえ、先生」

みどりちゃんは、そこで身を乗り出した。横から見ると、彼女は口元にわずかな笑みを浮かべている。すごい余裕、貫禄だ。千紗は分割だって良いのにと思いつつ、彼女を見守っていた。

「こんな嫌な話、早く終わらせましょうよ」

「——」

「この子だって、早く忘れたいと思ってますし、私にしたって、それほど暇じゃありませんん。それに、何回に分けるつもりか知りませんけど、その度に来なきゃならない身にもなってみてください」

「だったら、銀行振り込みにでも——」

「ふざけないでよっ！」

小さなボリュームでジャズの流れている、落ち着いた店だった。そこに、みどりちゃんのどすのきいた声が響きわたって、店内は一瞬静まり返った。

「この子は高二なのよ。自分の口座なんか、持ってるはずがないでしょうっ。あったとしても、名前や住所を知られるわけにはいかないのよ。下手に逆恨《さかうら》みでもされたら、たまったもんじゃないんだから」

「——すみません」

「女子高生だと思って、甘くみないでよ。ただでさえ、あんなことをしておいて、これ以上、馬鹿にするつもりなのっ」

思わず、千紗の方が首をすくめたくなるほど、みどりちゃんの言葉はきつく聞こえた。教頭は顔を真っ赤にして、落ち着かない様子でお冷やに手を伸ばし、水が残っていないことを知ると、未練がましくグラスに残っていた氷を鳴らした。

「明日までに、用意してください。そうでなければ、私たちはその足で警察に行きますから。やっぱり、訴えることにしますって、言いますから」

「ま、待ってください。明日なんて、そんな——」

「だって、仕方がないじゃないですか。先生は、自分のやったことに、何一つ責任を取らないって言うんだから」

みどりちゃんは、そこでいかにも苛々《いらいら》しているように舌打ちをした。それだけで、教頭はいっそう縮こまる。

「責任は、取ります。取りますから——」

「じゃあ、明後日《あさって》まで待ちます。その代わり、学校の方に、直接行きます。もしも、少しでもごまかすようなことをしたら、その場で他の先生にも聞いてもらいます」

それだけ言うと、みどりちゃんはテーブルの上に置いてあった煙草とライターをさっとバッグにしまい込んだ。それを合図のように、千紗も立ち上がった。

「明日、学校にお電話しますから」

最後にそう言い残して、みどりちゃんは千紗に向かって頷く。千紗は、がっくりとうなだれている教頭を横目で見ながら、テーブルから離れた。

喫茶店を出ると、外には相変わらずむっとする空気が立ちこめていた。その中を、みどりちゃんと千紗は、足早に駅に向かった。とにかく電車に乗り込んで、街を離れるまでは、何となく振り返るとオヤジがいそうな気がして、お互いに口もきかなかった。

「ちゃんと払うかな」

ようやく口を開いたのは、比較的空いている電車に乗って、二人して足を投げ出すように、座席に腰掛けた後だった。千紗の自宅は、本当は反対方向なのだが、もう少しみどりちゃんと話していたくて、また都心に向かうことにしたのだ。

「払う、払う。大丈夫だって」

みどりちゃんは、ようやくいつもの口調に戻っていた。そして、余裕たっぷりの笑みを浮かべながら、「気の小さいオヤジ」と言った。

「あんなにビビりまくっちゃってさ。水なんか、がぶがぶ飲んじゃって」

「超ダサいよね。四杯だよ、飲んだの」

「私たちが帰った後で、きっとまた飲んでるよ」

千紗は、顔を真っ赤にしていた教頭を思い出して、声を出して笑ってしまった。今朝は、どちらかというと真っ白な顔をしていたと思う。いや、あれが青ざめていたというのだろうか。まったく、今日一日で、あの人は何回くらい顔色を変えただろうか。

「とにかく、明日、行ってみよう」

「だって、明後日って――」

「明日行って、脅しをかけとかなきゃ。念には念を入れて、ね」

笑いながら言うみどりちゃんは、余裕しゃくしゃくの表情だった。千紗は、彼女は本当に自分よりも数枚も上手《うわて》だと実感しないわけにいかなかった。何という頼もしい友だちに出会ったものだろうと思うと、心の底から嬉しかった。

取りあえず、これで夏休みのバイトはしなくて済みそうだ。可愛い服を買って、新しい水着も買って海やプールに行きたい。そして、真っ黒に日焼けしよう。それからマサくんにも何かプレゼントを買ってあげて——。

「浮き浮きした顔しちゃって」

途中でみどりちゃんに冷やかされながら、それでも千紗の顔からは笑みが消えなかった。

あそこまで迫真の演技をしてくれたのだから、本当に百万が手に入ったら、四割くらいあげても良いかも知れないと思っていた。

5

翌朝も、千紗はマサくんからのベルで目覚めた。

「オハヨウ　ベンキョウデテツヤシタ」

千紗は寝ぼけ眼《まなこ》のままでＰＨＳに手を伸ばし、「オハヨウ　ダイスキ　ガンバッテ」とメッセージを送った。みどりちゃんと知り合ったお陰で、デートクラブにも行かなくなった千紗は、今は本当にマサくん一筋だ。

制服に着替えて、慌《あわ》ただしく朝食をとっていると、お母さんが「今日は？」と言った。

「接待」

お父さんが答えた。

「バイト」

お姉ちゃんが答えた。

「図書館」

最後に千紗が答えた。お母さんは、今日はお母さんも出かけると言った。

「カルチャーセンターのお友だちと、ワインの講習会に行くことになってるの。じゃあ、一番に帰ってきた人が、お風呂沸《わ》かしておいてくれる?」

それは、きっと千紗の役目になるに違いない。千紗は素直に「うん」と頷き、それなら夕食は外で済ませようかと考えていた。

カバンの他に、私服を入れた紙袋を提《さ》げて家を出ると、外は早くも夏の太陽が容赦なく照りつけている。こんなに暑くなる前に、さっさと夏休みにしてくれれば良いのに、学校というところは、いかにも窮屈な場所だ。早くお姉ちゃんのように大学生になって、長い夏休みを過ごせるようになりたい。けれど、大学生になるということは、それだけ年をとるということだし、何しろ、その前に受験がある。来年の今頃は、千紗だってマサくんみたいに、それなりに一生懸命に受験勉強をしなければならないだろう。だが、だからこそ今年は思い切り楽しい夏休みを過ごしたい。

電車はいつものように混んでいたが、冷房ががんがんに効いているお陰で、外にいるよりは過ごしやすかった。千紗は、サラリーマンやOLや、学生たちに押されながら、黙って中吊りの広告を眺めていた。

一つの駅に着く度に、電車はますます混んでくる。ドアの方から、人が塊のようになって詰め込まれ、息苦しいほどだ。それでも千紗は、黙って方々の広告を見上げていた。電車が小さく揺れて、ぎゅうぎゅう詰めの身体の周りにちょっとした隙間が出来たときだった。誰かが、千紗の腕を摑んだ。一瞬ドキリとして、反射的に全身が強《こわ》ばった。何も今日、新しい痴漢に遭う必要などないのだ。反射的に首を巡らそうとしたが、電車が混んでいて思うようにならない。その時、耳元で声がした。

「次の駅で、下りて」

その声に、千紗はますます全身を堅くした。やっとのことで振り返ると、昨日の教頭が、すぐ傍にいた。

「ここでは、話も出来ないので」

教頭は、千紗から手を離す代わりに、もう一度囁《ささや》いた。何なの、このオヤジ。こっちが一人でいるときを狙って、値切ろうとでもいうんだろうか。それとも、触りたくて触ったわけではないとでも言うつもりか——千紗はめまぐるしく考えを巡らせ、結局、相手を無視することに決めた。だが、電車が次の駅に着くと、他に降りる人もいて、自分の意思とは無関係に電車の外に押し出されてしまった。人の背中ばかりを見て、蒸し暑いプラットホームに降り立つと、少し先に例の教頭が立っていた。こうなったら、腹をくくるより仕方がない。これだけ人のいる場所でなら、いざとなったら大声を出せば良いのだ。

「何ですか」

教頭の傍まで行って、上目遣いに睨《にら》み付けると、昨日は痴漢で捕まったオヤジは、素早く周囲を見回して、千紗をホームの端まで連れていった。

「用があるんなら、早く言ってください。私、毎日遅刻なんか、出来ませんから」

本当は心臓がドキドキしていたが、千紗は落ち着け落ち着けと自分に言い聞かせながら、教頭を見つめた。

「昨日の、話なんだが――」

「――」

「確かに、悪かったのは私だ。実際に、あなたを、その――あなたに、失礼なことをしたのは、私だから」

「何が言いたいんですか」

「いくら考えても分からない。どうして、こんな方法で金を欲しがるのか」

「欲しがってなんか、いないじゃない。あなたが、ああいうことをしたからでしょう？」

教頭は、昨日とはまた異なる、沈んだ、暗い瞳をしていた。まるで哀れまれているような気がして、それが千紗にはかちんときた。

「何よ、自分で痴漢をしておいて、どうしてそんな言いがかりをつけるの」

「言いがかりは、つけてない。ただ、高校生が百万も欲しがるなんて、普通では考えられないと思うんだ」

「どういう――」

「わざと男に近づいて、身体を押しつけてきたりして。こういうことが、君たちの間で流行《はや》ってるのかい」

ああ、いかにも先生臭い口調。それに、その静かな眼差しが何とも言えないほどに千紗を苛立たせる。

「私は、昨日あのまま警察の人に『訴えます』って言ったって、よかったんだから！」

「それは、分かってる。だから、確かに誘いに乗った私が馬鹿だったと思う。それなりのお詫《わ》びはしようと思ってる。だが、百万なんていう金は、大人だって、そう簡単に用意できる金額じゃないんだよ」

「つまり、値切ろうっていうわけ？　従姉には『分かりました』とか言っておいて、あれは嘘だったんだ」

教頭は、いよいよ悲しそうな顔になった。そして、あれは従姉などではないのだろうと言った。千紗は、ますます心臓が高鳴ってきた。見破られている？　こちらの目的が分かっている？　でも、痴漢をはたらいたのは本当のことだ。ここで怯《ひる》んだら負けだ。

「私だって長い間、君たちのような子どもを見てきてる。いくら背伸びをしたって、そりゃあ、分かるんだ」

「——だったら、どうなの」

「十万や二十万というのなら、黙って払おうと思った。いや、それだって常識で考えれば、法外な値段だという気もしたがね」

「おじさん」

千紗は、わざとそういう呼び方をした。教頭は静かな表情のままで、わずかに眉を動かした。

「自分でしたことを棚に上げて、勝手なことを言わないでって言ってるの。私が毎日、どんな嫌な思いをしてたか、分かってるの？」

「だったら、私から離れて立てばよかったんじゃないか？　それを毎日、ぴたりと私にくっついてきたのは、君の方じゃないのか？」

「何、言ってんのよっ。あれだけ混んでる電車の中で、自分の好きな場所に立つなんて、無理に決まってるじゃないっ」

すると教頭は、今度は悲しそうな顔のまま弱々しく微笑み、「ああ言えば、こう言う」と呟いた。そして、深々とため息をつく。

「なあ、もう、こういうことはやめにしなさい。それを約束するのなら、十万払おう。確かに私も悪かったんだから」

「馬鹿にしないでよっ！」

それだけ言い残すと、千紗はちょうどホームに滑り込んできた電車に向かって走り始めた。混雑している人に紛れて、懸命に走って、電車に乗り込んだ。心臓が破裂しそうだ。膝ががくがくと震えている。もう泣き出したいくらいだった。

「ふざけた野郎じゃん。あんたのことを待ち伏せしておいて、そんなこと言ったの？」

その日の午後、みどりちゃんと落ち合うと、千紗は早速今朝のことを報告した。みどりちゃんは、今日はアースカラーのパンツに黒いタンクトップ、パンツと同じ色のロングカーディガンを羽織っている。既に自分も私服に着替えていた千紗は、細い眉をひそめてしきりに煙草を吸い続けているみどりちゃんを見つめた。

「ヤバく、ないかな」

「何でよ。だって、あいつは間違いなく痴漢なのよ。逮捕はされてなくたって、警察にだって記録は残ってるんだから」

「だけど、いかにも見透かしたようなこと言われるとさ――」

「じゃあ千紗は、このまま諦《あきら》めるわけ？　あんた、それで困らないわけ？」

それを言われると弱かった。

「第一、ここで引き下がったら、向こうの言うことを認めるようなもんじゃない。あの野郎、こっちの裏をかいて先手を打つつもりだったんだ。やっぱり、今日行くことにしておいて、正解だったよ」

確かに、みどりちゃんの言う通りだ。だが千紗は、あの教頭ともう一度会って、あの目に見つめられると思うと、怖かった。何となく返事が出来ずにいると、みどりちゃんは大げさに舌打ちをして、「もう」と苛立った声を上げた。

「じゃあ、私一人で行くよ」

「みどりちゃん——」

「ふざけんじゃねえって、言ってやる。その代わり、今回は半分、もらうからね」

自信満々の表情で言う彼女の瞳には、わずかに軽蔑の色が浮かんでいた。千紗は、それならば近くまで一緒に行くと言うのが精一杯だった。

「ちょっと離れたところで、見てる——」

みどりちゃんの頬に、小馬鹿にしたような笑みが浮かんだ。千紗は、何だか卑屈な気持ちで、みどりちゃんに従った。まあ、いいや。本当に百万取れれば、半分ずつだって五十万にはなる。それに、考えてみればオヤジをゲットすることよりも、交渉する方が大変だ。今度、みどりちゃんがオヤジをゲットしたときこそは、千紗も頑張らなければならない。

昨日と同じ駅に着くと、みどりちゃんは電話もかけずに教頭の勤め先に向かった。千紗は校門の外で待つことにした。

「いい？　約束だよ。半分もらうからね」

最後に振り返ったとき、みどりちゃんはそう言って手を振った。

「なんかあったら、ベル鳴らして！　ピッチでもいいから！」

夕方になって、夏の陽射しは赤く滲《にじ》みながら、西の空にへばりついていた。大きな入道雲がもくもくと湧《わ》いている。みどりちゃんの後ろ姿が、陽炎《かげろう》のように揺らいで見えた。

この中学も短縮授業に入っているのだろう。生徒の姿はまるで見えず、数人の先生らしい人が時折、校門から出ていった。最初のうちは日陰を求めて大きな銀杏《いちょう》の木の傍に立っていたのだが、やがて空に黒い雲が広がり始めると、千紗は、退屈のあまり校門から見える辺りをぶらぶらと歩き始めた。随分待たせるものだ。ひょっとすると教頭は、みどりちゃんにも似たようなことを言って、説教の真似事でもしているのだろうか。

遠くから雷の音がし始めた。嫌だなあ、夕立でも降るのだろうかと思っているうちに、妙に生暖かい風が吹き抜けていく。いったい、何をやっているのだろう、みどりちゃんは、どうしたのだろうか。

さっき日除《ひよ》けに使った銀杏の木が、大きくざわめいた。ごろごろと響く雷の音がさっきよりも近くなった。何だか心細くなってきて、千紗は黒い空と校門との両方を見比べていた。日暮れのせいではなく、辺りは不気味な程に暗くなり、埃っぽい風が足元を吹き抜ける。

もう、早く出てきてよと、祈りたいような気持ちになったとき、何かの割れるような音が聞こえた。学校の方からだと思ったが、校庭に植えられている木々のざわめきと、近づいてくる雷の音が、全てをかき消してしまう。数分後、ぽつり、ぽつりと大粒の雨が落ちてきた。ヤバい、と思った途端、足元のアスファルトが見る間に黒く濡れ始めた。千紗は慌てて、さっきの銀杏の木に駆け寄った。瞬く間に、視界が水煙で消えていく。紫色に見える空に稲妻が走るのが見え、数秒後に、全身を震わすような雷鳴がとどろいた。

やっぱり、こんなところで待っているのではなかった。一緒に行けば良かったと、ハンカチを取り出しながら考えているときだった。雨で煙る校門から、一人の男がふらふらと出てきた。馬鹿みたい、傘がないのなら止むまで待てば良いのにと、千紗は何気なくその男を眺めて、おやと思った。稲妻の走る空を背景に、よろけるようにして歩いてくる、それはあの教頭に違いない。

じゃあ、みどりちゃんはどうしちゃったんだろう。一人で知らない学校に残っているわけがない。途端に胸騒ぎがしてきた。千紗は雨の中を走り出し、教頭の前に立った。

「従姉は？　みどりちゃんは？」

早くもずぶ濡れになっている教頭は、大きく目を見開き、全身を強ばらせて立ち尽くしている。だが、その目はこちらを見ていなかった。まったく別の、どこか遠くを見ているのだ。

「ちょっと、聞いてるんじゃない！　みどりちゃんは、どうしたのよ！」

再び稲妻が走り、さっきよりもさらに近い間隔で雷が鳴った。髪が逆立つぐらいの音に、思わず悲鳴を上げそうになりながら、千紗は教頭の腕を摑んだ。

「——勝手に飛びかかってきたんだ」

「何、言ってんだよ！　みどりちゃんはどうしたって、聞いてんだよ！」

だが、教頭はまるで反応すらしなかった。まるで雷にうたれたみたいに全身を震わせて、

「私は何もしてない」と繰り返している。その、普通とは思えない様子を見て、千紗は、何が起きたのかを知った。

「あんた——何したの。まさか、あんた——みどりちゃんを！」

「畜生っ！」

それだけ言うなり、教頭はその場に崩れるように座り込んだ。

「どうして、こんなことになるんだ！　おまえらみたいな連中の為に、どうして——！」

教頭は大声で泣き始めた。千紗は、頭上から降り注ぐ雨に濡れるに任せている教頭をぼんやりと見下ろし、それからゆっくりと学校の方を見た。水煙の向こう、校舎のすぐ傍に、土の塊のようなものが見える。今日、みどりちゃんはアースカラーのパンツと、同じ色のカーディガンを着ていた。

「マジ？　やめてよ、もう。軽いゲームなんだからさ、こういうの、よくないよ——」

雨は、肌に痛いほどの勢いで降り続けている。だが、ここまで濡れてしまえば、もう同じことだ。千紗は、ゆっくりと歩き始めた。雨音に全身を包まれながら、校門を抜け、茶色い塊に近づいていった。背後で、教頭が何か叫んでいるのが聞こえたが、何を言っているのか

までは聞き取れない。髪の毛が顔に貼り付いて、ルーズソックスもずり落ちてきた。

やがて、まるで川のように雨水の流れる校庭に、赤い筋が出来ているのが分かった。それは、土色の塊から、幾筋かの細い流れになって、千紗の方に流れていた。土色の塊は、動かない。近づけば近づくほど、それは、ただの物に見えた。

みどりちゃん、と声をかけようとした瞬間、頭上に閃光《せんこう》が走り、空が藤色から真っ白に輝いた。

みどりちゃんの自慢の髪が、海藻みたいに広がって、その間から赤い筋が流れ出ているのが、はっきりと見えた。

福の神

1

　春には珍しい通り雨だと思っていたのに、どうやら本降りになったようだ。開け放ったままの勝手口から、激しい雨音と共に湿った風が吹き込んで、ただでさえ熱のこもる厨房《ちゅうぼう》が、余計に湿っぽくなってたまらない。妙子《たえこ》は、誰が戸を開けたままでいるのだろうかと思いながら厨房に回りこんだ。冷たい風が吹き抜けてくる。

　勝手口の前で、板前のマサさんが仁王立ちになっていた。

「だから、一時間前に電話したときは、確かにもう出てますって、そう言われたんだぞ」

　外には青色の雨合羽《あまがっぱ》を着込んだ男の姿がある。

「そんなこと、言ったって――」

「そんなこと言ったって、何なんだよ」

「ああ、だから、そうじゃなくて――」

「何が、そうじゃないんだよ。お前の言ってること、全然分かんねえぞ。おいっ、こっち見ろよっ」

頭に被ったフードの縁《ふち》から雨の滴《しずく》をたらし、いかにも不服そうに上げた顔は、どう見ても二十歳そこそこというところだろうか。吹き込んでくる風にあおられて厨房の床まで入ってくる雨に、着物の裾《すそ》を濡らさないように気を配りながら、妙子はマサさんに近づいた。

「何なの？　大きな声出して」

マサさんはこちらを振り返り、それから忌々《いまいま》しげに勝手口の外を顎《あご》でしゃくった。

「配達が遅いんですよ。お陰で、仕込みの予定が全部狂っちまう。何のために昨日のうちから電話してるか分かったもんじゃない。おい、一体どこで油売っていやがったんだ」

妙子は短気なマサさんを見上げ、次いで改めて配達の青年と、さらに彼の横に置かれている台車に書かれている文字を見た。

「あら、お宅、神田食品さん？」

雨合羽の青年は、相変わらずふてくされた表情で顎だけを突き出す。頬《ほお》にニキビの痕《あと》が残っていて、青年というよりもまだ少年だ。合羽からはみ出している髪は黄色いし、小鼻に小さなピアスをつけて、眉は描いたように直線的で細い。こういう連中を使っていかなければならないのだから、長年取引のある食品問屋も、さぞかし苦労の多いことだろうと、妙子は思わずため息をついた。

「とにかくね、謝んなさいな」

マサさんの背を軽く叩《たた》きながら少年に話しかけると、少年は仏頂面《ぶっちょうづら》のままで、上目遣いにこちらを見た。

「理由は何であれ、遅れたのは確かなんだから、最初にひと言、謝るもんでしょう、ね」

それでも店員は何も言わない。

「人に頭下げるのが、そんなに嫌なの？」

「だって――」

「言いわけがあるんなら、まず謝ってから。最初からつべこべ言われたって、こっちはカッカきてるんだもの、ちゃんと聞く気にだって、なれやしないでしょうが」

すると少年は、膨れ面のまま、口の中だけで、「すんませんした」と呟《つぶや》いた。隣でマサさんが余計に苛立《いらだ》った顔になる。妙子は板前の大きな背中を、さらにぽんぽんと叩きながら、「はい」と答えた。

「出来るじゃないの。それでいいのよ。『ありがとう』と『ごめんなさい』はちゃんと言いましょうって、小さい頃に教わったでしょう？」

店員は、半ば諦めた表情で小さく頷《うなず》き、それからようやく、妙子の質問にぽつり、ぽつりと答える形で、場外馬券売り場に行っていたのだと白状した。心底呆《あき》れた表情のマサさんをちらりと見上げて、妙子は二言、三言の小言を言うと、店員を解放してやった。彼は、もう一度「すんませんした」とひょこりと頭を下げて帰っていった。

「まったく、何考えてんだか。最近の若いヤツは、口のききかたも知らねえんだから。あんなんじゃあ、謝られた方が頭に来ますよ」

見習いの板前にも手伝わせて、配達された調味料や昆布、鯖節《さばぶし》などを厨房の中まで運び込み、マサさんは苛立った様子で勢い良く鍋《なべ》に水を張り始める。

「味が尖《とが》るといけないから、もう怒らないでちょうだいよ。ああいう子が増えるっていうのは、結局、大人が悪いのよ」

妙子は、ため息混じりの笑みを浮かべながら、かれこれ十年の付き合いになる板前を眺め、「ね」と念を押した後で自分は店内の随所に活けてある花の水を取り替え始めた。静かに時が流れていく。仕込みの間だけマサさんが流しているラジオの音が、余計に店内の静けさを強調していた。

三時過ぎに銀行の人が来て、二十分ほど話していった。その後、妙子が帳簿の整理などをしている間に、商店会費の集金や、はす向かいの不動産屋の奥さんなどがちょこちょこと顔を出すうち、五時前にはパートの初子さんが来て、さらに五時半前にアルバイトの女の子が二人で現れた。彼女たちが店内の掃除や調味料の補充をしているうちに、妙子はカウンターの片隅に腰掛け、今度は割り箸《ばし》を一膳ずつ『茜《あかね》』と印刷された和紙の箸袋に入れ始めた。

「今日は予約も入ってないし、この天気だもの、お客様の出足も遅いでしょう」

開店したばかりの頃は箸も安物だったし、袋だって市販の、ぺらぺらした物だった。やがて、市販の袋に店の名前を印刷出来るようになり、さらに箸の質も段々良くして、今のようなオリジナルの箸袋を使えるようになるまでに、十五年が過ぎてしまった。そんな月日を思いながら、こうして開店の準備をする時が、妙子には一番楽しく、また心のほぐれる時でもある。

「こんな日は、あれですよ。あの人が来るんじゃないですか？　水曜日だし」

途中で初子さんが片手にダスターを持ったまま、近づいてきた。

「あの人？」

妙子は彼女の顔を見て、それから「ああ」と頷いた。この店に来てからもう五、六年になろうとしている初子さんは、『茜』のジンクスを熟知している。水曜日で、しかも暇そうな日に限ってやってくる客、それが「あの人」だ。

「来ますって、きっと」

妙子自身は世帯じみていて好きではないし、何度か注意もしたのだが、冷え性だからという理由で絶対に脱ごうとしない、ストッキングに重ねて穿《は》いた水色のソックスの足をスカートの下でゆらゆらと動かし、初子さんはくしゃりと顔を歪《ゆが》めた。

「そうね、来るかも」

女将《おかみ》である自分が、如実に客の好き嫌いを出してしまうと、板前を始めとして店の全員が、その客に対して扱いがぞんざいになる。だから、澄まして答えたが、本当は少しばかり嫌な気がした。

「池内さんの来る日って、他のお客さんの出足が止まっちゃうんですよね」

アルバイトの女の子までが初子さんに同調する。

「そんなこと、言うもんじゃないの。池内さんだって、いつも会社の方を連れてきて下さるんだし、暇な時に限って来て下さってると思えば、有り難いじゃないの」

「あの人が来るから、暇になるんですってば」

「あんたたち、あの人から化粧品のサンプルもらってるんでしょう？　そんなときばっかりお愛想振りまくくせに」

初子さんは、今度はまるで魚のような顔で口をぱくぱくとさせながら、「勝手にくれるんですったら」などと言いわけをした。

「大体、何だか下心がありそうで、私は欲しくなんかないんですから」

それは分かっている。まさか、還暦を過ぎている初子さんを口説くとも思えないが、池内という客には、確かにそういう雰囲気があった。だが、長い間こんな商売をしていれば、実に色々な客を見るものだ。本人にそのつもりなどないことは百も承知しているが、福の神も貧乏神もいる。

「池内さんがいらしても、失礼な態度とらないでちょうだいよ」

最後に釘《くぎ》を刺すつもりで言うと、その時だけ、初子さんは微かに肩をすくめ、上目遣いにこちらを見て頷いた。

全ての準備が整った六時前、妙子は普段通り、店の入り口に盛り塩をした。今日はこんな天気だから、打ち水の必要はない。店の前の細い通りを、ヘッドライトを点灯させた車が、かなりのスピードで雨水を撥《は》ね飛ばしながら通り過ぎるのを待ってから、妙子は『茜』と染め抜かれている暖簾《のれん》を掛けた。

「来た来た、もう、来ましたよ」

手伝いに出ていた初子さんが、声をひそめて囁《ささや》いた。振り返ると、夕闇《ゆうやみ》の中を傘を差してくる二つの人影がある。

「あの左側、そうですよ」

「ここから見て、分かるの？」

「分かりますとも。胴長寸胴《ずんどう》で、ちょっと左に傾《かし》いでるんです」

小声でやりとりをしている間に、妙子にも誰かと連れだって歩く池内の姿がはっきりと見て取れるようになった。隣で初子さんが、半ば得意そうな、それでいて嫌そうな、奇妙な顔をしていた。

2

「いい店じゃないか。君、こんな場所を知ってるの」

熱いおしぼりで顔を拭《ぬぐ》い、眼鏡をかけ直したところで、池内の連れの客が改めて店内を見回している。隣から瓶ビールを差し出していた池内は、この上もない笑みを浮かべて小さく頭を下げた。今夜はまた特に愛想が良いようだ。

「東京に転勤になってからですから、もう十年くらいですか。奥に座敷もあるものですから、なかなか重宝してまして。これでね、気の利いた料理を出すんです」

グラスを片手に、連れの男は鷹揚《おうよう》な態度を崩さずに、ゆっくりと頷いている。彼の上着の襟《えり》には、池内と同じバッジが留まっていた。

「君はこっちにきて、もう十年になるの。じゃあ、頼もしいな。取りあえず、よろしく頼みますよ」

乾杯の真似事をしている男たちの前に、小付《こづ》けの数品をカウンター越しに出す間も、妙子は穏やかな笑みを絶やさなかった。内心では、ほっとしていた。連れがいてくれれば、池内は店の者に話しかけることはない。むしろ、無視するのが常だ。その方が、こちらとしては気が楽というものだった。

――新しく来た上司。

妙子は彼らの注文を笑顔で聞きながら、それならば、池内は上機嫌なはずだと納得した。これまでにも何度か、こういうシーンを見たことがある。池内という男は、目上の者に対しては、徹底的に下手に出て、鼻につくほど世辞を言うタイプだ。

予想した通り、その日は店は暇だった。それでも、ぽつり、ぽつりとは客が来る。それらの客を二十人ほど掛けられるカウンターや奥の座敷に案内するうちに、今夜も『茜』は何とか活気づいてきた。妙子は厨房の様子を見たり、女の子たちに指図をしたりして、自分も店の中を歩き回って時を過ごした。時折カウンターの内側に戻って、さり気なく観察していると、やがて運ばれてきた料理をつまみ始めた池内は、上司を「部長」と呼んでいた。

――あの人、まだ部長になってなかったんだわ。

確か、今年辺りは部長になるだろうと言っていたのは、年の始めだったと思う。すると、地方に行っていた人間に横から部長の席をさらわれたということか。妙子は、少しばかり良い気味だと思った。

店員の前では顔に出さないが、妙子だって池内という男が好きではない。本人の言葉通り長年の馴染《なじ》みだし、具体的に何かの迷惑をかけられたというわけでもないのだが、どうも虫が好かない。第一、来る度に態度が違う、連れてくる相手によって人格まで変わって見えるというのが嫌だった。

「そりゃあもう、部長の仰《おっしゃ》る通りです。明日にでもさっそく、下の者に伝えましょう」

五十代の前半に見える池内は、十年前ならば今よりもう少し若々しくて当然だったはずなのに、妙子の記憶では、今とまるで変わらなかったと思う。初めて来た時から、全体に不潔な雰囲気をまとい、どぶネズミのような冴えない印象の、既にくたびれ果てた小太りの中年男だった。

やたらと髪の量が多くてもっさりとしており、眉も同様に濃い。額は妙に狭く、面長《おもなが》の輪郭《りんかく》の中央にちんまりとまとまっている目や鼻は貧相で、それに対して唇の薄い口元だけがやたらと大きいという顔立ちだ。その上、顎から頬にかけて、ひげ剃《そ》りあとが青々と広がっていて、抜け目のないこそ泥といった感じさえする。そんな男の差し出した名刺に、妙子も愛用している化粧品メーカーの社名が刷り込まれているのを発見したときには、思わず「まさか」と叫びたくなったくらいだ。

「これで、うちの部もさらに活気が出るというものです。いやあ、さすがです」

脂ぎっているというのとも違うが、強《し》いて言うならば全身の毛穴が詰まっているような不潔な印象を与える池内は、今夜は意味もなく大きな声を出して笑い、隣の上司が何か言う度に、「なるほど！」「いや、すごいですね！」などと、感嘆の声を上げ続けていた。いつもながら大したエネルギーだと、呆れる以上に感心したくなる。

「女将さん」

ふいに、カウンターの端から声がかかった。このところ、ちょくちょく現れるようになっていた男の客が、空になったお銚子《ちょうし》を差し出した。

「もう一本？　はいはい、お待ちください」

いつも一人でやってきて、無駄な話をするわけでもなく、黙って酒を飲み、静かに箸を進めて、やがてすっと帰っていくその客は、年齢は四十前後というところだと思う。飲んでも乱れない、出された料理は綺麗《きれい》に食べてくれる客を、妙子は好ましく思っている。

「はい、お待ちどおさま。どうぞ」

少し熱めにつけた燗酒《かんざけ》を「最初だけ」と言いながら差し出すと、その客は照れたような表情で猪口《ちょこ》に受けた。

「じゃあ、女将さんも」

妙子が返盃《へんぱい》を受けている間にも、横から池内の笑い声が響いていた。徐々に声が大きくなるのは酔っ払いの習性とはいえ、池内の奇妙に女性的で甲高い声は、実に癇《かん》に触る。

「いつもご繁昌ですね」

目の前で、名前も知らない客が微笑《ほほえ》んだ。妙子も目だけを細めて見せた。半分、詫《わ》びたい気持ちもある。本来は静かに酒と肴《さかな》を楽しむ店であって欲しいのだが、そう理想通りにはいかないものだ。

客の流れに応じて、顔なじみの、または見慣れない客に分け隔てなく声をかけ、愛想を言い、時折かかってくる電話の応対に出たり、暇を見つけて帳簿を見たりしているうちに、夜は徐々に更けていく。何組かの客が席を立ち、暇なりにも賑わっていた店が徐々に静まってきた頃、池内は、それこそ絶好調を迎えていた。

「任せて下さい！　部長のお考えになってる通りに、きちんと進めますから。ご安心いただいて、もう大丈夫です」

顔を赤らめ、カウンターに肘《ひじ》をついて、池内は隣の上司に唾《つば》さえかけかねない勢いで話し込んでいる。相手になっている上司の方は、最初とほとんど顔色さえ変わらずに、黙って頷いているばかりだ。

——大丈夫なのかしらね、あんな安請け合いみたいなことばっかり言って。

話の内容が分かっているわけではない。だがこれまでだって妙子は、調子ばかり良い男がつまずく姿を散々見ているし、池内には、そういう危なっかしさが常につきまとっていると思う。仕事の能力については分からないが、取りあえずあの雰囲気からだけでも、信用するに足る男には見えないのだ。もしも妙子が彼の上司だったら、こういう男の言うことは、常に話半分に聞いておこうと思うものだという気がした。

「部長は、何のご心配もいりません。今の椅子《いす》なんか大して暖める間もなく、すぐに統括本部に行かれることになりますよ」

「おいおい、着いたなりすぐに追い出すようなこと、言わんでくれよ」

「追い出す？　そんな、とんでもない！　ただ、私が完璧《かんぺき》にサポートいたしますと、これだけ、ご承知おきいただきたいという、それだけなんです、もう。何しろ、広報は若い者が多いですしね、女の子——ああ、女性って言わなけりゃならないんだな。怖い女性も、少なくないんですから」

「そうかい。君もてこずってるの」

「そりゃあ、そうです。何せ、うちの場合は、伝統的に女性のパワーが強いですからね。特に、うちのようなセクションはですねえ、何と言っても彼女たちの力に拠《よ》るところが大きくてですねえ——内心ではこの野郎と思うことがあったとしても、しても、ですね」

上司が、小さくあくびをかみ殺した。さて、そろそろ熱い茶でも出す頃合いだろうと思っていると、池内が妙子を呼んだ。

「もう一本ね。こちら、飲み足りていらっしゃらないんだ、早くね」

妙子は横目で上司を見、彼が黙って従うつもりでいるのを確かめてから「はいはい」と目を細めた。あんたの新しい部下は、はっきりと言わないといつまでも分からないタイプなんですけれどねと、のんびり構えている池内の上司に腹の中で呟きながら、妙子は厨房に注文を通した。

これで最後にしてくれと、半ば祈るような気持ちで銚子を出したとき、池内たちを除けば最後までカウンターに残っていた例の客がすっと立った。

「また、寄らしてもらいます」

勘定を払いながら、その客は小さな声で呟いた。

「ご迷惑でなかったら、お得意さまの名簿にお名前、おつけしたいんですけれど」

レジの前で妙子が言うと、その客は初めて思い出したような表情で上着の内ポケットに手を入れ、それから、すっとカウンターの方を振り返った。

「——あの人たちには、ね」

差し出された名刺には、これもまた妙子のよく知っている化粧品メーカーの社名が刷り込まれていた。とはいうものの、池内が勤めている大手企業とは異なる、少しばかり規模の小さな会社だ。妙子は「あら」と言いながら、松木と書かれている名刺と男とを見比べた。つまり、この客は池内たちの勤め先を知っているということだ。

「前に話してるのが聞こえてきて。ちょっと慌てたけど、僕は僕で、ここの店が気に入ってるもんで」

「あらまあ、それはどうも恐れ入ります」

松木を笑顔で見送った後、妙子は改めて渡された名刺を眺めた。

——特別プロジェクト推進部。

うんと若い頃、ほんの短い間、会社勤めを経験したことはあるが、妙子には会社の組織というものが、どうもよく分からない。その上、近頃ではこのようにカタカナのついている部署も増えたから、営業や経理などのようには、容易に察しのつかない仕事をしている人が増えたような印象がある。恐らく、松木という客は何か特別な仕事をしているのだろうとだけ勝手に推測することにした。たまたま、池内が同業者だと知って、案外注意深く池内たちの会話を聞いているのかも知れない。あんな池内などから大した情報が得られるとも思えないがと、妙子は半ば苦笑したい気持ちになった。

「ごっさん。また、来るわ」

午後十一時近くなって、池内たちもようやく腰を上げた。帰りしなに急に顔を近づけてきて「またね」と囁かれ、妙子は背筋がぞっとするのを感じた。真っ赤に染まって、てらてらと光る顔から酒臭い息を吐きながら、彼はポケットから小さな箱を取り出して、素早く妙子に握らせる。後から見ると、それは池内の勤める会社で出しているオーデコロンだった。

3

そういえば松木という男は、しばらく前から、池内が来るときに限って現れ、さり気なく同じカウンターの片隅に腰掛けていることが多いことに、後になって気が付いた。ライバル会社の社員として、松木には何らかの思惑《おもわく》でも働いているのだろうかと、妙子はふと考えた。だからこそ、松木という客はいつやってきても、決して酔って乱れるようなことがないのだ。きっと、そうに違いない。

――何か始まろうとしてるのかしら。

長年の常連なのだし、ライバル会社の人間が聞き耳を立てていますよと、ちょっと耳打ちくらいしてやっても良いようなものかも知れない。だが、妙子は知らんぷりをすることにした。向こうは得意客のつもりでも、生理的に受け付けないタイプなのだから仕方がない。こちらとしては、さほど大切にしたいと思っているわけでもないのだ。それよりも、この何年間というもの、旅行の一つもなかなか出来ず、滅多に外出すら出来ないような日々を過ごしている妙子にとって、自分の目の前で繰り広げられるドラマを大いに楽しむ方が、ずっと手近で手っ取り早い。

翌週、池内は今度は若いサラリーマン二人と連れ立って『茜』に現れた。本当は座敷を使いたかった様子だが、その日は予約が何件か入っていて、結局、いつものカウンターに案内するより他なかった。妙子は「すみませんねぇ」と如才ない笑みを浮かべて、この前とは打って変わって表情の硬い池内たちを案内した。

「せっかくいい調子で動いてるのに、これで客足がとまっちゃいますかね」

厨房に入ると、マサさんが耳打ちをしてきた。最近使い始めた見習いの板前が、何をするにも覚えが悪くて、懸命に苛立ちを抑えながらあれこれと指図をし続けているはずなのに、相変わらず客の動きは敏感に観察しているらしい。

「大丈夫よ。あの人の魔力はね、一人で来たときに発揮されるんだから」

妙子がさらりと答えると、マサさんがにやりと笑った。

「これで、次には例のお一人のお客さんですかね」

何もかも承知しているという感のある板前が囁《ささや》いたとき、アルバイトの「いらっしゃいませ」という声が響いた。

「ほうら、来た」

妙子は、涼しい顔で刺身のつまを水にさらしている彼に、にやりと笑って見せると、自分も「いらっしゃいませ」と声を出した。そして、きょろきょろと空席を探している松木に小走りで歩み寄り、さり気なく池内たちの傍の席に案内してやる。松木は、それだけで妙子の瞳をのぞき込み、小さく会釈を寄越した。なかなか、良い勘をしているらしい。一方、自分がマークされているとも知らずに、今日の池内は、部下の手前だからか、単に機嫌が悪いせいか、さっきから口をへの字に曲げて、ぼさぼさの眉をひそめたまま、腕組みの姿勢を崩そうとしなかった。座敷の方から、どっと笑い声が起きた途端、そのひそめた眉根が一層寄って、眉間にたて皺《じわ》が刻まれた。

「何だよ、随分賑《にぎ》やかじゃないか」

「すみませんねえ、ご予約のお客様なんですよ」

「不作法な奴らだな。これじゃあ、『茜』に来たっていう気がしないじゃないか」

愛想笑いの裏で、自分だって酔えば人一倍大きな声を出すではないかと思いながら、ちらちらと観察したところでは、池内が連れてきた若い二人も、妙に表情が硬く、どこか思い詰めた雰囲気さえある。

——何があったの。お隣にも聞こえるように、言ってごらんなさい。

やがて、彼らは嬉しくもなさそうに形だけ乾杯の仕草をして、黙ってグラスを傾け、箸に手をつけた。だが、ぱくぱくと食べている池内に対して、二人の若者は食欲さえなさそうだ。やがて、彼らは池内に対してぼそぼそと何か話し始めた。池内は彼らの話を真剣に聞く様子も見せず、ぼんやりと斜め上を見るような姿勢で、ひたすら無表情を装うつもりらしかった。

——この前とは別人だわね。

ホール側は使用人に任せるとして、妙子はカウンターの内側に回り込むことにした。不自然に顎をしゃくり上げ、硬い表情で虚空《こくう》を見つめているように見える池内からは、その頬から首筋にかけて、かなりはっきりと老いの気配を見て取ることが出来る。そんな年齢に達しているのに、格好だけでも若者の話に耳を傾けてやろうとする、そういう度量もないのかと、妙子は心の中で客を軽蔑《けいべつ》した。

「どうぞ、冷めないうちに」

料理があまりに減らないから、時折そんな声をかけ、また他の客の世話をしているうちに、やがて、池内の連れから、やや語気の荒い声が聞こえ始めた。隣に腰掛けている松木にも、彼らの会話は聞こえているはずだ。妙子は他の客の話し声や厨房内の音などの雑音の中から、彼らの声だけを選《よ》り分けて耳を澄ませた。

「だけど、次長だって判子押したんじゃないですか。賛成して下さってたはずでしょう」

「分ってるって。だが、部長がねえ」

「部長のことは必ず説得するからって、そう言ったのは、次長ですよ。第一、それも先々月の話でしょう。何回聞いても『待ってくれ』って言うから、今まで待ってたのに。その挙げ句に、これはないですよ」

「その、つもりだったさ。だったんだけど」

「さっさと書類を通して下さっていれば、今度の部長が来る前に、企画は立ち上がってたはずなんです。根回しだって任せておけって、次長、そこまで言われたの忘れたんですか」

「そうは言うけど――」

「つまり、次長が単に引き延ばしてたっていうことなんですよね。それなのに、納得いく説明も受けられない上に、何で僕らが、部長からあんなこと言われなきゃならないんです」

「いや、だから、部長はご存じないわけだからさあ――」

いくら二人の若者からせっつかれても、池内の返答はのらりくらりとしていて、端《はた》で聞いているだけで苛々するようなものだった。妙子は、彼らの会話に耳を傾けると同時に、松木の様子にも注意を怠らなかった。いつもの通り、松木は静かな表情で、ちびり、ちびりと盃《さかずき》を重ねている。

「まるで無能みたいな言い方をされて、次長はそれで平気なんですか？　うちの課長だって、テーブルの下で拳《こぶし》を震わしてましたよ」

「そんなことを言われたってなあ」

「次長が直接指揮をとるって言うからこそ、課長だって今回は呑んでくれて、僕らだって気合いを入れてきたんじゃないですかっ」

「僕は別に、飯田課長に何かを呑めなんて、言ったことは――」

「言ったことと同じですよ。課長には今のプロジェクトを続けろって言うんだから」

こういう話に結論は出ない。少しすれば、若い連中も気を取り直して、何となく和やかな雰囲気になるのではないかと思ったが、どうやら無理のようだ。若者の顔には、明らかに落胆と侮蔑の色が見てとれた。もはや、池内はむっつりと黙り込んで、ビールばかりを飲んでいる。他の客たちは揃《そろ》って楽しげなのに、池内の席の周辺だけに、重苦しい雰囲気が広がっていた。

「――要するに、僕らが馬鹿だったんです」
二十四、五だろうか。ようやくスーツ姿が板に付いてきたような青年が、ふいに押し殺した声で呟いた。

「僕らの考えが、甘かったんだ」

その時だけ、池内は「いや」と口を開いた。

「あのプランは、僕だってそれなりに認めたものなんだしさ、まあ、長い間仕事をしていれば、思うようにならないことだって多いんだからねえ、君らも——」

「当たり前です、プランには自信を持ってましたから。僕らが甘かったのは、そっちじゃなくて」

「人を見る目ってことですかね」

吐き捨てるように、もう一人の若い社員が言った。さすがの池内も、表情を険しくした。

「君ら、誰と話してるつもりなんだ」

池内が、ますます口元を歪《ゆが》めて何か言おうとした瞬間、マサさんがストーブ前でジャアッと大きな音を上げた。思わず気を取られたらしく、厨房の方に目を向けている間に、若い二人はお互いに頷きあって、さっと立ち上がった。

4

静まり返った店内で、妙子はレジスターの中の小銭を数えながら、不躾《ぶしつけ》な視線をカウンターに送っていた。残る客はただ一人、頭を微かに揺らしながら、肉の厚い、ふてぶてしい背中を見せて、ぶつぶつと何事か言い続けている池内だけだ。

——まったくもう。

既に表の看板を消して、暖簾もしまっているのに、池内は「まだいいじゃないの」などと言って、席を立とうとしないのだ。壁に掛けてある時計の針は、そろそろ十一時を指そうとしていた。やれやれ、今日は客の出足も好調だったし、潮が引くようにすっといなくなったから、十時半のオーダーストップと同時に女将の顔から解放されると思っていたのに、一番嫌な客が居残ってしまった。

「いいよなあ、あんたみたいな仕事は。呑気《のんき》で、気楽で、なあ、おい」

「へへ、おかげさまで」

「俺みたいな大企業に入ってみろよ、ええ？　しかも管理職になったらさ、上からも下からも、やいのやいの言われてさあ、なあ、やってられねえよなあ」

「そりゃあ、大変でしょう」

「分かる？　え、分かるかい？　なあ、ちょっと一杯、付き合えよ、ほら」

初子さんはとうに帰ったし、バイトの子たちも白けた顔で決して近づこうとしないから、池内はさっきから盛んに、明日の仕込みに入っているマサさんに話しかけている。この商売が長い板前にしてみれば、こんな程度の酔客の相手は、どうということもないのだが、それでも毎朝築地に行ってもらっている彼には、少しでも早く休んでもらいたかった。

「じゃあ、一杯だけちょうだいします」

本当は酒はほとんど飲めないマサさんは、笑顔で池内に酒を注がれ、飲むふりをして猪口を隠した。

「羨《うらや》ましいよ、あんたみたいな仕事がさ。ああ、俺も板前にでもなりゃあよかったかなあ」

今頃、上司を置き去りにした二人の部下は、どこか他の店で飲んでいることだろう。池内が残るのも困るが、上司への怒りと反発を抱えている彼らだって、今頃はどこかの店に迷惑をかけているかも知れない。

「見ろよ、このスーツだって、高いんだぞ」

「分かりますよ。いいお仕立てだって」

「こんな窮屈な格好なんかしないで、包丁一本さらしに巻いて、旅から旅への人生っていうヤツだって良かったかも知れないんだな」

池内は、ぼやき始めると止まらない。飲めば飲むほどくどくなり、やがて誰彼構わずからんでいくという、もっとも質《たち》の悪い酒だ。妙子は、池内のこんもりとした背中を、ぎゅっと睨《にら》み付けていた。

「お前に分かるか。分かるかよ、ええ？」

「大変なんでしょうねえ」

「馬鹿野郎っ、その台詞《せりふ》は、さっきも聞いたんだよ！　何が大変か、じゃあ、言ってみろよ、おいっ。お前に俺の苦労が分かるっていうのか！」

始まった。外で一人で暴れてくれる分には構わないが、この店の中では困る。妙子は素早く池内に近づいて「あらまあ」と声をかけた。

「大きなお声が出ますねえ」

振り返った池内の顔を間近に見て、妙子は思わずぞっとなった。どこか内臓でも壊しているのだろうか、ただでさえ鬱陶《うっとう》しい顔が、まだらに赤くなっている。ぼさぼさ眉の下の目はどろりと崩れそうになり、白目は黄色っぽくて、焦点などまるで合っていないようだ。

「女将ぃ、お前には分かるな？　人を使っていく難しさがさ」

妙子は「はいはい」と答えながら、マサさんに目配せをした。最後まで池内の前に残っていた小皿や徳利を、マサさんは音もなく引き上げる。

「大会社の次長さんですもの、それなりのご苦労がおありですよねえ」

手にしている猪口以外、全ての物を片づけられていることにも気づかずに、気だるい表情でこちらを見ていた池内は、「そうだ！」と声を張り上げ、妙子にしなだれかかってこようとした。咄嗟《とっさ》に彼の肩を押しのけて「あらあら」と笑って見せ、妙子はアルバイトの二人を目で探した。

「さあさあ、そろそろお帰りの時間ですから、ね。大丈夫？　立てます？　ちょっと、お手伝いして差し上げて！」

小走りにやってきた娘たちに両脇から腕を摑《つか》まれて、池内は咄嗟に彼女たちの手を振り払おうとした。

「帰るなんて、言ってないっ」

だが、相手が女の子であることに気づくと、彼は途端に口元をだらしなくゆるめた。

「いつ見ても可愛いよなあ。若くて、いいよねえ。ところで、どこの化粧品使ってる？」

娘たちは互いに顔を見合わせ、それから口紅はどこそこ、アイシャドウはどこそこと、海外ブランドの名前を出した。妙子は唇《くちびる》だけ「馬鹿」と動かし、彼女たちを睨み付けた。本当のことを言う必要が、どこにあるのだ。もちろん池内の勤める会社の製品だと言って、少しでも気分を良くさせ、とっとと帰すべき時なのに。

「あれ、知らないのか。日本人の女性の肌には、白人用の化粧品は合わないって」

「ああ、だからファンデーションはね」

言いかけた娘が、ようやく妙子の視線に気づいたらしい。彼女ははっとした表情になって、池内の会社の名前を口にした。池内が、喉《のど》の奥で石でも転がすような、いがらっぽい、薄気味悪い笑い声を上げた。やっとのことで立ち上がると、上体がぐらりと揺れ、足がふらつく。妙子は、素早く男の背後に回り、娘たちと共にその厚くて重い背を押して、やっとのことで歩かせた。

「ああ、俺《おれ》、勘定は――」

「先ほど、ちょうだいしたじゃありませんか。領収書も、お渡ししましたよ」

池内は返事をするのもだるそうに軽く手を振ると、ようやくのろのろと帰っていった。たとえばこの先、どこで転んでいようと、暴れていようと、店から出ていってくれれば、もう関係はない。やれやれ、だ。

「あれだから、嫌われちゃうんだよなあ」

日頃、何を言っても反応の鈍い見習い板前の声が、静かな店内に響いた。妙子は、「生意気言ってんじゃねえよ」と見習いを小突いているマサさんと視線を交わし、深々とため息をついた。

「そういえば、松木さん、あの一人のお客様は、いつ帰った？」

「池内さんの連れが帰った、すぐ後です。ちょうど、女将さんが座敷の方に行ってる間」

そう、と頷き、妙子はカウンターに向かい、煙草を取り出した。この一服の為に一日があるのではないかと思うほど、仕事を終えた直後の煙草は旨《うま》い。

「何が面白くてマークしてるんだか知らないけど、そんな価値なんか、ないわよねえ」

「マークってほどのことでもないんじゃないですかね」

「あら、そうかしらね」

「だって、俺らから見たって、あの野郎なんかマークしても無駄だって分かるでしょう。本当に包丁一本で世の中を渡ってみろっていうんだ」

マサさんの言葉に、妙子は思わず小さく吹き出した。そう言われてみれば、その通りだ。最初はライバル会社と分かって、興味をそそられたとしても、今夜のあの姿を見てそんな価値のないことが、分かっただろう。

「本当に何の役にも立たないような人だものねえ」

吸い込んだ煙をゆっくりと吐き出しながら、妙子は一人で頷いた。小料理屋の女将である自分に何が出来るはずもないのだが、判官贔屓《ほうがんびいき》とでもいうのか、大企業に立ち向かう小さな会社に、何としてでも頑張ってもらいたい、手伝えることがあるなら協力したい気にさえなっていたが、標的が池内では、こちらとしても力添えのしようさえないかも知れなかった。

「たとえばさっきの若い連中がヤケでも起こして、辞めるとでも言いだせば、池内さんも、ぼやいてる場合じゃなくなるでしょうかね」

「人の運なんて、どこでどう転ぶか、分からないんだもの、ひょっとすると、ひょっとするかもね」

つい呟いた言葉に、マサさんが顔を上げ、にやにやと笑った。

「そりゃあ、一度はエリート商社マンの若奥様だった人が、こうやって小料理屋の女将にもなるんですからね」

「何年前の話をしてるのよ、もう」

マサさんを軽く睨む真似《まね》をして、妙子は煙草を灰皿に押しつけた。今となっては夢のような記憶でしかないが、そういえば、別れて久しい昔の夫は、今頃はどうしているだろうかと、ふと思った。当然のことながら、誰よりも愛してやまなかった会社も、既に定年退職しているはずだった。

5

妙子は来年で還暦を迎える。三十年近く前に、短かった結婚生活に終止符を打ったのは、妙子自身というよりは、同居していた舅《しゅうと》と姑《しゅうとめ》だった。三十路《みそじ》を過ぎて独りに戻り、手に職もなければ学歴もなくて、結局入ったのが水商売の世界、以来、何軒かの店を移るうちに、少しずつ商売を覚え、一度か二度は再婚を考えたこともあったものの、ついに独りのままで現在に至っている。姑に奪われた形で婚家に残してきて以来、連絡さえ取らせてもらえなかった二人の子どものことを思って、涙に暮れた日も、もはや遠い昔のことだった。彼らだって、もう所帯を持っていることだろう。

その替わりというか、現在の妙子にとっては『茜』こそが唯一の我が子だった。一年ごとに成長し、少しずつ客もついて、界隈《かいわい》でも知られるようになり、見栄《みば》えも良くなってきた、この店が妙子には可愛くてならなかった。それだけに、『茜』を愛して下さるお客様は何よりも有り難いし、ぞんざいに扱う客は不愉快になる。

「何様のつもりなんだよ、ええ？　たかだか、場末の飲み屋風情が」

久しぶりに一人で現れた池内が、酔った挙げ句にそんな台詞を吐いたのは、さらに数週間が過ぎた頃だった。妙子は心の底から、「ああ、この客が嫌いだ」と思った。ただでさえ、これまでだって我慢に我慢を重ねてきている。その我慢が飽和量に達した。

「お前ら、俺に指図するのか？　俺は客なんだぞ、客！」

その日の池内は特に荒れていた。よほど面白くないことがあったのか、一人でやってきた彼は最初から仏頂面で、いつもより早いピッチで酒を飲み、まだ八時を回ったばかりだというのに人の迷惑を顧みず、ついに傍若無人な声を張り上げたのだ。

「池内さん、飲み過ぎですよ」

妙子が何か言うよりも早く、マサさんが取りなす表情で池内の前に立ったが、客は余計に気色《けしき》ばんだ様子を見せた。

「お前の不味《まず》い料理を我慢して食ってやってる客に、どういう言い方なんだ、それは」

その瞬間、マサさんの表情がすっと変わった。いけない、と思った時、「謝りなさいよ」という低い声が聞こえた。今日も池内の後からやって来て、目立たないようにカウンターに向かっていた松木が、肘をついた姿勢は変えずに、顔だけを池内に向けている。一瞬、空耳でも聞いたような表情で、池内はぽかんとなり、それからゆっくりと松木の方を向いた。

「良くないですよ、そういう飲み方は。第一、店の人にだって失礼じゃないですか、謝った方がいい」

池内の顔は今日もまだらに染まっていた。いかにも忌々しげな表情で、彼は顔を突き出し、松木に食いつかんばかりの勢いで「何だって？」と唸《うな》っている。だが、松木はまるで怯《ひる》む様子もなく、池内の視線を受け止めている。女将である妙子は、二人の間に割って入ることも忘れて、息を呑んでことの次第を見つめていた。

「謝りなさいよ。誰がどう聞いたって、あなたが悪い」

「じゃあ、じゃあ、あんた、どうなんだ、ええ？　あんた、ここの料理が旨いと——」

「思ってるから来てるに決まってるでしょう。他のお客さんだってそうだ、ねえ！」

妙子と同様、半ば固唾《かたず》を呑んで二人の様子を見ていたらしい客の間から、パチパチと小さな拍手が起こった。途端に、池内は、半ば力が抜けたような表情になると、ちらちらと周囲を見回した後、口元を大きく歪めて、黙って背中を丸めてしまった。こういうときは貝になろうとでもいうつもりらしい。松木は、それきり黙ってしまった池内に対して、必要以上に言葉をかけることはしなかった。妙子は、見事な引き際だと思った。

店にざわめきが戻り、アルバイトのオーダーを通す声が響くようになった頃、池内はそっと立ち上がった。レジの前で勘定を受け取りながら、妙子は相手の顔を見る気にもなれず、趣味の悪いネクタイだけを見つめて、とりあえずは機械的に「ありがとうございました」とだけ言った。ああ、本当にこの男が嫌いだ。もう来るなと言えたら、どんなに良いだろう。

だが、そんなことを言うまでもなく、普通の神経の人間ならば、決まりが悪くてしばらくは来られないだろう。

——普通の神経なら。

池内が店を出たのを確かめてからカウンターを振り返ると、マサさんが松木にビールを差し出していた。

「僕は当然のことを言ったまでですから」

松木が恐縮している。マサさんが、さっきの礼にとおごったのに違いない。妙子もカウンターの内側に回り込んで、松木の前に立った。

「本当に、ご迷惑をおかけしました」

丁寧に頭を下げて、笑顔を見せる。松木は、少し照れた表情になって「いや」と言った。

「でも、最後まで謝らなかったですね。あの人」

「ああいう方なんです、昔からね。何事に関しても、ああですから」

妙子が答えると、松木はわずかに眉をひそめてため息をついた。

「幾つになったって、自分に非があるときは、早く謝るに限るのに」

「男の方は特にねえ、偉くなられるほど、謝ったり出来ないんでしょう」

「偉くなるほど、そういう潔《いさぎよ》さは大切だと思うんですが」

妙子は、最初から好ましく感じていた松木という客が、ますます好ましく感じられた。生き別れた息子は、今年で三十六になる。こんな大人になっているのだろうかとふと思い、手を伸ばしてビールを注ぎ足しながら、「偉いわねえ、そういうお考えは」と言うと、松木は、また笑った。

「実は、女房の受け売りなんです」

妙子は「まあ」と目を細めた。妻のことを、こんな風にさり気なく言える男もいるのだと、改めて思う。

「子どもをちゃんと育てたいんなら、親が挨拶《あいさつ》ぐらいちゃんとしてくれなきゃって」

「お子さん、お幾つですか？」

「七歳と三歳です。上が男で下が女」

妙子は笑顔でゆっくり頷いた。胸の奥が微かにざわめいた。四歳違いの兄と妹。それも、妙子が婚家に残してきた時と同じ年齢だ。

「可愛いでしょうねえ」

思わずため息混じりに言うと、松木は言葉では何も言わない代わりに、いかにも満ち足りた笑顔を見せた。

「これから、ますますお楽しみですねえ」

「大変です。あいつらが一人前になってくれるまで、何とか頑張らなきゃなりませんから」

それから松木は、決して家庭をおろそかにするつもりはないのだが、結局は妻に任せっ放しになっているのが現状だから、せめて間接的にでも子どもに良い影響が及ぼせる存在でありたい、後々になって「そういえば、うちの親父は、挨拶にはうるさかった」と思い出してもらえる程度の教育をしていきたいのだ、などという話をした。妙子は、ひたすら笑顔で、何度も頷いていた。

自宅に戻ってから、その夜、妙子は実に久しぶりに自分が独りであることを嚙《か》みしめつつ、酒を飲んだ。当たり前のことは、いちいち考えたりしないものだ。最初から独りだったと思うより仕方がない、三匹の猫に囲まれて、可能な限り『茜』と共に暮らしていくより仕方がないのだと思っていても、瞼《まぶた》に焼き付いている幼い二人の姿が否応なく思い出される。だが、仕方がない。全ては遥か昔のことだ。

——子どもがいさえすればいいっていうものでもないんだから。

これまで数え切れないくらい、ことあるごとに自分に言い聞かせてきた台詞を改めて思い出し、深夜の二時過ぎまで、妙子は酒を飲んで過ごした。三匹の飼い猫は、互いに寄り添いながら、そんな妙子のすぐ傍で、丸くなって眠っていた。

6

池内が顔を見せなくなった。同時に、松木も現れなくなって、最初のうちは、マサさんも初子さんも、ほとぼりが冷めれば、また涼しい顔で現れるに違いないなどと口を揃えて言っていたのだが、やがて一ヵ月も過ぎようとする頃には「どうしたんだろうね」と首を傾げるようになった。

「そう言えば、変な酔い方してたじゃないですか。顔なんかまだらになってたし。肝臓でも悪くしたんじゃないですかね」

「気にすることないわ。病気なら、そのうち同じ会社の人からでも耳に入るだろうし、皆、嫌ってたんだから、せいせいするじゃないの」

妙子は澄ました表情で答えた。自分よりよほど若い相手にいさめられたからと言って、たかだかそれだけの理由で店に来られなくなるところが、いかにも池内らしい。そんな小心な男など、見ているだけで不愉快というものだ。商売をしているのでなければ、または、妙子がもう少し気《き》っ風《ぷ》の良い性質だったら、とうの昔に「おととい来やがれ」とでも言い放っていたはずだ。

店には、次々に新しい客が現れる。こちらがどんなに上得意になって欲しいと望んでいても、やがて消え去る客もいる。その人の人生の中で、ほんの一瞬立ち寄るだけの場所が、こういう店なのだと、とうに割り切れている。それよりも、池内が来なくなったことで、松木も姿を見せなくなったことの方が、妙子には何となく物足りなく、淋《さび》しく感じられた。ようやく言葉を交わすようになったのに、もう少し、色々な話をしてみたかったのにと思った。

少しずつ違うことが起きるものの、毎日は淡々と過ぎていった。途中でアルバイトの一人が辞めていき、数日後、新しいアルバイト店員が入った。ついこの間、桜が咲いたと思ったら、いつの間にかアヤメが咲き、西から入梅の便りが届き始める。下町のこの辺りは緑が少ないが、路地裏で見かけた額紫陽花《がくあじさい》が、そろそろ色づき始めていた。いつしか池内のことも、松木のことも思い出さなくなった頃、その松木から座敷の予約が入った。

「三人で、頼みます」

最初、電話口で名乗られたときにはピンとこなかったが、受話器を通して聞こえた声は、確かにあの松木だった。妙子は予約客用の帳面に座敷と人数を書き込み、「お待ちしております」と言って電話を切った。良かった。今度は池内とは無関係に来てくれるのだと思うと、今度こそ常連になってもらえるかも知れない、大切な客にしていきたいという気持ちが膨らんだ。

その日、松木は予約を入れてあった時間よりも二十分ほど遅れて、二人の客を伴って『茜』に現れた。

「ご無沙汰《ぶさた》しました」

不思議なほど懐かしく感じる、照れ臭そうな笑顔で挨拶をされて、妙子は自分も心の底からの笑顔を返し、それから、連れの客を見ておやと思った。

「この前は、失礼しました」

客の一人がはにかんだ表情で小さく頭を下げる。その瞬間、思い出していた。以前、カウンターで池内に食ってかかっていた若者だ。

「ご挨拶が遅れて、すみませんでした」

座敷に通すなり、上座にゆったりと座った松木に対して、二人は下座に正座して、妙にかしこまった態度で名刺を差し出した。小料理屋の女将風情に、そんなにかしこまることもないではないかと、半ばおかしくなりながら受け取った名刺を見て、妙子は「あら」と目を丸くした。てっきり池内の部下だとばかり思っていたのに、そこには松木と同じ会社名が刷り込まれている。

「実は、うちの社に、移ってきたんですよ」

松木は穏やかな笑顔で、二人を目で指した。妙子は顎を引いて、さらに目を丸くした。もしやとは思ったが、本当にそういうことになったのか。

「自分の力を必要としてくれる会社が、やっぱりいいと思って」

若者の一人が、希望に輝く目をこちらに向けた。深刻そうな、苛立った表情で池内に文句を言っていた時とは別人のような、潑剌《はつらつ》とした若者らしい顔つきになっている。

「松木さんの話を何度も窺《うかが》って、上司や他の部署の人にも紹介されて、その上で、二人で決めたんです」

もう一人の若者も、神経質そうな面差《おもざ》しとは似つかない、太く伸びやかな声で言った。二人の表情を見る限り、彼らの転職は正解だったのだろうと思われた。妙子は、自分もゆっくりと頷いた。

「でも、じゃあ、池内さんは――」

聞いてはいけないことかも知れないと思いながら、尋ねないわけにいかなかった。熱いおしぼりで丁寧に手を拭《ふ》いた後、松木は幾分表情を曇らせて、「ああ」と口を開いた。

「申しわけないことになったとは、思ってるんです。別段、あの人が憎くて彼らを引き抜いたっていうわけじゃ、ないですからね」

申しわけないとは、どういうことなのだろう。妙子は若い二人を見た。彼らは、松木ほどにはこだわりがないのか、それとも既に気持ちの整理もついた後なのか、意外にけろりとした顔をしている。

「異動になったって、後から聞きましたけどね。先週づけくらい、かな」

「浜松かな、転勤になったって」

「浜松？」

それならば、ここに現れないのが道理だ。恐らく同時に二人の部下が辞めることになって、管理責任でも問われたということなのかと思ったら、意外なことに栄転なのだと聞かされて、妙子は余計に目を丸くした。

「栄転、なんですか？」

「表向きは。系列子会社の工場長ですが、待遇としては部長と同じことになるんです」

「あの人は、そういうところは上手に立ち回るんですよ。肌の合わなそうな上司が来て、広報じゃあ出世できそうにないって分かったから、さっさと方針替えしたんでしょう」

「合わなかったんですか。うちへお連れになったときには、それはもう楽しそうになさっていましたけれど」

二人の若者は互いに顔を見合わせ、どことなく皮肉っぽい表情で「楽しかったのは、次長だけじゃないですか」と言った。妙子は何を答えることも出来ず、ただ曖昧《あいまい》に笑っただけだった。妙子よりもこの二人の方が、さらに池内の本性を知っているに違いないのだ。とにかく、もう池内と会うこともなくなる。懇意にしているつもりだったくせに、彼は、最後の挨拶にさえ来なかったのかと思うと、安堵《あんど》と落胆のない交ぜになった気持ちで、妙子は思わずため息をついた。

その日、彼らは終始和やかに会話を楽しみ、マサさんの料理を残さずに食べてくれた。数時間後、良い色に染まった顔を輝かせて座敷から出てきた彼らは、丁寧に頭を下げて帰っていった。ところが、「また、どうぞ」と送り出し、座敷が片づいた頃、松木が一人で戻ってきた。

「あら、お忘れ物でも？」

だが、例の照れ臭そうな笑顔で、松木は一人で飲み直したいのだと答えた。カウンターに向かい、改めてビールを注文すると、彼は旨そうにグラスを傾け、ふう、と大きく息を吐き出した。

「本当はもっと早くうかがいたいと思ってたんです。でも、池内さんと会ったらまずいし、あの人が六月一日付けで異動になるって聞いたんで、それまで我慢していました」

客も減った頃だったので、妙子は珍しく自分も松木の隣に腰掛けて、彼の差し出すビールを受けた。乾杯をして、妙子も軽くビールを飲むのを見計らうように、松木は急に身体をこちらに向けて、深々と頭を下げた。

「女将さんの、お陰です。僕の名刺を見ただけで、何かと気を遣っていただいて、お陰で僕の方は、ぐんと仕事がしやすくなりました」

妙子は、不思議なほど胸が熱くなるのを感じた。人の喜ぶ顔が見たくて、こんな商売をしているが、実際に正面から感謝されるのなど、何年ぶりのことだろう。

池内の噂《うわさ》は、他社の人間である松木の耳にも届いていたという。大手化粧品メーカーの広報でありながら、考え方が保守的で、新しい人材を育てるどころか、つぶすことの方が多いと聞いて、品質には自信があるし、売り上げも徐々に伸びてはいるが、企業イメージや製品の売り出し方がもう一つ弱いことを悩んでいた松木の会社が、人材の確保に乗り出したのだそうだ。何人かでチームを作って池内をマークするうち、この『茜』にたどり着いたのが、最大のチャンスになったのだと、松木はゆっくりと語った。

「最初のうちはスパイみたいで、多少気がとがめなくはなかったんです。だけど、僕の目からみても、あまり信頼できる上司とは思えないタイプでしたから、特にさっきの二人との会話を聞いていたときには、こっちまで腹が立ったりしましてね」

松木は、その時のシーンを思い出したらしく、今度は苦そうにビールを飲む。ついこの間のことなのに、もう遠い昔の出来事のような気がして、妙子はただ頷いていた。

「でも、何か不思議ですね。マークしてた人は消えて、今は僕が、こうしているなんて」

「ご縁でしょうね」

何気なく相づちを打ったつもりだった。だが松木は、ひどく感心した表情で「そうですよね」と頷いた。

「やっぱり、縁があるんだな」

それから彼は少しの間、黙って厨房の方を見ていた。他の客が帰る度に、妙子は椅子から降りて、いつもの通り、「どうも有り難うございました」と彼らを送り出し、食器を内側に下げて、また松木の隣に戻った。

「いいですよね、女将さんの『有り難うございました』って。ちゃんと、『どうも』がつく」

ふいに松木が言った。普通のことをしているだけだと、妙子は少しおかしくなった。

「前に、うちの妻が挨拶にうるさいって、お話ししたことありましたよね」

「ああ、ええ。お子さんの教育のためにも、でしょう？」

松木は、こっくりと頷いた。今日はもう随分飲んでいる。そのせいか、彼の顔はいつになく赤く染まって、心なしか目も潤んで見えた。

「あれ、妻のおふくろさんの、教育なんだそうです」

「あら、そうですか」

「とはいっても、妻はよく覚えてないんだそうですがね」

松木の横顔を眺めながら、妙子は適当に聞き流そうとした言葉が、自分の中に大きく引っかかったのを感じた。

「妻の兄貴っていうのが、おふくろさんからもらった手紙を、ある日、妻に見せたことがあって、そこに書かれていたんだそうです」

どういう受け答えをしたら良いものだろうか、この引っかかりを、どう処理しようかと思っていると、松木がくるりと振り向いた。

「手紙は、ひらがなばっかりで書かれてたんだそうです。『どんなひとにでも、あいさつをわすれないで』って。『〝こんにちは〟〝さようなら〟〝ありがとう〟〝ごめんなさい〟のよっつを、けっしてわすれないで』って」

一口のビールが体内を駆け巡っているのだろうか、頭の芯《しん》がじんと痺《しび》れる気がした。妙子は白木のカウンターを、ただぼんやりと見つめていた。

「女将さん」

急に呼ばれて、妙子は仕方なく顔を上げた。まるで酔いを感じさせない、真剣そのものの松木の目とぶつかった。

「ひとつ、うかがってもいいですか」

いつもの通り、何とか笑って済ませたい。普通の客との会話として、軽く受け流して終わらせたい。そう思うのに、気の利いた返事ひとつ、出てこなかった。

「女将さんの名前、何ておっしゃるんです」

「名前、ですか？」

「うちの妻の名前は――」

彼はそこで大きく胸をそらすように息を吸い込み、さらに視線に力を込めた。

「茜って、いいます。僕と結婚する前は、城田、茜」

胸に引っかかっていたものが、何かに押し上げられて喉元までせり上がって来ていた。心臓が、早鐘のように打っている。

「兄貴は洋一。今、仕事でロンドンにいますがね。手紙は妻の方が、今でも持ってます」

なぜ忘れていたのだろう。何度も涙を拭《ぬぐ》いながら、まだ幼かった二人の為に、懸命に手紙を書いたことを、どうして忘れていたのだろうか。それを、小さかった二人は、兄から妹へと受け継ぎ、大切にしてきたのだという。自分たちを見捨てた母親が残した言いつけを守って、そして今、立派に成長しているのだ。目の前の風景が、全て滲《にじ》んでしまった。妙子は着物の袂《たもと》からハンカチを取り出して、目頭《めがしら》を押さえた。お客様の前なのに。使用人だって見ているだろうに。涙が溢《あふ》れて止まらない。喉に引っかかったものが、熱く溶けていく。

「僕ね、池内さんには感謝しなきゃと、思ってるんです。あんな人だけど、うちの会社には有能な人材をくれて、その上、女将さんと会わせてくれたんだから。今、目の前にいたら、ちゃんと『有り難う』って言うと思います」

耳鳴りの向こうから、松木の声が遠く聞こえた。彼は、先に帰らせた二人には、実は妙子は自分の義母にあたるともう話してあったから、彼らは余計に恐縮していたのだろうというようなことを言った。だが、目頭を押さえたままの妙子には、幼かった二人の子ども——洋一と茜の姿ばかりが浮かんでいた。

「ひょっとしたら、ああ見えて案外福の神だったんじゃないですか」

話を聞いていたのか、マサさんの声が、意外なほど近くで聞こえた。何とかして涙を止めなければと大きく息を吸い込んで、妙子はようやくハンカチを目から離し、顔を上げた。いつもと変わらないはずの店が、まばゆく輝いて見えた。

「ずいぶん——冴えない福の神だったわね」

懸命に笑ったつもりなのに、隣で松木が微笑んでいるのを見た途端に、また涙が出てきてしまった。何十年ぶりかも分からないほど、暖かく、柔らかく感じる涙だった。

不発弾

1

的場智明《まとばともあき》の日常は、いわゆる普通のサラリーマンの中では、それなりに恵まれている方だと思う。

庭付きの一戸建てとまではいかないが、私鉄沿線の郊外に建つ分譲マンションは3LDKで日当たりも良く、駅からの距離や周囲の環境も含めて、それなりに快適な住み心地だったし、そのマンションから職場までの通勤時間にしても、ドア・トゥ・ドアで四十分足らずで済んでいる。職場恋愛の末に結ばれた妻との間には一男一女をもうけ、ふたりの子も健康で、長女は眩《まぶ》しいばかりの女子高生、長男も昨年、希望する私立中学に入った。

「た、だぁいま」

玄関の鍵を開けて、小さく呟《つぶや》く。手探りで電気のスイッチを入れると、フローリングの廊下の突き当たりにあるガラスの扉に、チャッピーの影が映った。「いやあん」と聞こえる鳴き声が、今夜の智明を出迎えた「お帰り」だった。

「何だ、まだ誰も帰ってないのか」

スリッパをひっかけて、ガラスの扉を開け、リビングに抜ける。腹を空《す》かせているらしいチャッピーは、ちんちくりんの尻尾《しっぽ》をゆっくりと振りながら、足下にまとわりついてきた。

台所やダイニングテーブルを見回してみたが、流しに少しばかりの汚れ物が残っているだけで、ひっそり閑としていた。どうやら、「ちょっとそこまで」という雰囲気の出かけ方ではないようだ。

「しょうがないなあ。もう八時になるっていうのに。なあ」

智明は、軽く身を屈《かが》めてチャッピーの小さな頭を撫《な》で、「いやあん」という切ない声を聞き、取りあえずは普段着に着替えることにした。今日はスポーツジムに寄って一汗かいてきたから、そこでシャワーを浴びてきてしまっている。家族が帰ってくるまでにすることといえば、チャッピーに餌《えさ》をやって、あとはテレビを見ながらビールでも飲んでいるくらいのものだろう。

実際、こういう毎日、いや、これまでの人生を振り返ってみても、満更《まんざら》でもない、そう捨てたものではないと、智明は思っている。取り立てて人に自慢出来ることがあるわけでもないが、だからといって、田舎の両親を含めても、家族の誰一人として、事件や事故に巻き込まれたこともなく、大病もせずに、それなりの人生をつむぎ出してきた。

「ようし、チャッピー、飯にしような」

十八で上京して、大学時代には友人にも恵まれたし、それなりに輝いた青春時代を送ることが出来た。その後は、創業百二十年を誇る大黒屋《だいこくや》百貨店に就職して、二度の転勤を経験し、現在に至っている。

「おまえは腹が減ってるときが、いちばん可愛いなあ。飯を食ったら、もう知らんぷりだもんなあ」

猫に餌をやってしまうと、智明は冷蔵庫からビールを取り出し、テレビのスイッチを入れた。ふと思い立って電話を見てみる。留守番電話に何かのメッセージが残っているかと思ったのだが、メッセージランプは点滅していなかった。何も録音されていないということは、妻たちも、じきに戻るということだろう。何かあれば、必ず伝言を残しておくようになっている。

「あら、やっぱり、もうパパ帰ってきてるわ」

案の定、ビールの一杯目に口をつけたところで、玄関の開く気配があり、宏子《ひろこ》の声がした。智明が帰宅したときにはガラス戸のところまで出迎えたチャッピーは、既に餌を食べ終えて、今は智明の近くで毛繕《けづくろ》いをしている。

「早かったじゃない？　今日、ジムに寄ってくるって言ってなかった？」

いつになく、しっかりと化粧して見える宏子に続いて、意外なことに、その後ろには光平《こうへい》がいた。智明は「寄ってきたよ」と答えながら、何となくつまらなそうな顔で、すたすたと自分の部屋に行く息子を目で追った。ただいまも言わないのかと、ちらりと思う。だが、お帰りと言ってやらなかったのだから、仕方がないか、と思い直した。

「何だ？　光平の学校にでも、行ってたのか」

「ちょうど、下で会っただけよ」

「今日、出かけるなんて言ってたか」

「だって、ちょっと買い物して、美容院に行っただけだもの。失礼しちゃうの、予約して行ったのに、混んでて」

智明は、手早く着替えを済ませて、さっそく台所に立つ妻をちらりと見た。対面式のカウンターキッチンだから、彼女がスーパーの袋から買ってきたものを出しているのはよく見える。そういえば、髪型が変わったような気もする。美容院はそんなに時間がかかるのか。

智明は、再びテレビに視線を戻し、黙ってビールを飲んでいた。こういう日は、手の込んだ料理が出てくるとは思えないから、ものの十分もすれば、食事の支度は完了するだろう。的場家では、夕食は七時と決まっている。だから、時間を見計らってジムから戻ったのだが、まあ、決まりとはいっても堅苦しいものではない、あくまでも目安だ。

「チャッピーにご飯、あげてくれたんだ」

思い出したように宏子の声がする。

「おい、ビールもう一本」

返事の代わりに振り返って声をかけると、宏子は「あら」と言った。

「酒屋さんに注文するの、忘れてた。それしかないの」

宏子は、申しわけないというよりも、半ば驚いたような、苛立《いらだ》った表情でこちらを見た。

智明の中で、小さな波がうごめいた。ジムに寄って、汗を流した日のビールほど旨《うま》いものはないのだ。けれど、家では夕食の支度をしているだろうし、外で飲んでは不経済だと思うから、ずっと我慢して帰ってきた。それなのに、酒屋に注文するのを忘れていたなんて、何たることかと思う。

「せっかく汗をかいてきたって、そんなに飲んだら、同じでしょう？」

諦めるには何となく忍びないのにと、思わず小さく舌打ちをしたとき、「ご飯、まだなの」と光平が出てきた。最近、やっと身長が伸び始めて、クラスの真ん中辺《あた》りになったという長男は、変声期特有の不安定な声を出す。

「ああ、光ちゃん、悪いんだけど、ちょっとコンビニまで行ってきてくれない？　パパのビール買ってきて欲しいの」

「何で俺が行かなきゃなんないんだよ」

「だって、ママ、急いでご飯の支度しなきゃならないもの」

「麻衣《まい》に行かせればいいじゃないか」

「お姉ちゃん、まだ帰ってないじゃないの」

チェックのシャツにジーパン姿に着替えた光平は、もうすぐ母親の背を追い越すだろう。彼はポケットに手を突っ込んだまま、不満そうにこちらを見る。

「パパ、まだ飲むの」

胸の奥の波がゆらめく。そんなに非難がましい目で見ることはないではないか。パパだって、ビールくらい飲みたいのだ。だけど、まあ、光平が行きたくないのなら、やはり焼酎《しょうちゅう》にでも切り替えようか。

「変な顔、されたくないんだよな。俺が飲むんだと思われたりしたら、嫌だもん」

「じゃあ、ついでに雑誌も買ってきていい？　ね、お願いだから」

「パパに言いなさい」

「ねえ、パパ。いい？」

さっきとは少しばかり異なる声色《こわいろ》で言われて、智明は、顎《あご》を軽く上下させた。光平は、仕方ないというように、膨《ふく》れ面《つら》のままで、宏子から金を受け取って出ていった。智明は、その後ろ姿に「頼むな」と声をかけた。残り少なくなったビールをちびちびと飲み、テレビを見る。それにしても、麻衣はまだだろうか。最近、夕食に間に合わないことが、時々ある。

「麻衣は、どこかに寄ってきてるのか」

半ば独り言のように呟いてみる。

「ビール飲んでれば、待てるでしょう？」

せめて、つまみくらいあれば、機嫌良く晩酌を続けていられるのにと思った。だが、まあ、目くじらを立てるほどのことでもない。つまみが欲しければ、自分で立って冷蔵庫を覗《のぞ》けば良いのだ。

十分もしないうちに、光平が缶ビールを買って戻ってきた。あまり好きではない銘柄だったが、智明は「ごくろうさん」と言い、息子の手から一本を受け取った。最初から好きな銘柄を言わなかったのだから、仕方がない、か。普段、親父が飲んでいるビールになど、興味はないのだ。光平は何を応えることもなく、さっさと智明から離れると、ダイニングテーブルに向かって買ってきたマンガを広げ始めている。

「どうする？　お姉ちゃん、待つ？」

宏子がその光平に聞いている。智明には待てと言いながら、息子には気を遣っている。これが、母親というものだ。

「ベルで、呼べよ」

「ああ、そうかそうか」

言うなり、宏子はいそいそと電話に向かった。その時、玄関のチャイムが鳴った。ああ、よかった。これで今夜も四人が揃《そろ》った。家族揃って、夕食がとれる。智明は、黙ってビールを飲みながら、「ただいま」も言わずに上がり込んでくると、そのまま視界の隅を横切っていく長女の長い髪を見た。いくら何でも、ちょっと茶色過ぎないか？　だが、学校でも何も言われていないらしいから、あれが今どきの自己主張なのかも知れない。

「パパ、ご飯」

やっと宏子が呼んだ。智明は、初めて気付いたように「ああ」と振り返り、腰を上げた。

2

生来が穏和な性格で、争いごとの嫌いな自分にとって、デパートマンという職業は、ある意味でもっとも適していると、智明は思っている。

「お醤油《しょうゆ》、とって」

「自分でとれよ」

「届かないから、言ってんでしょう、馬鹿」

「うるせえ、ブス」

「喧嘩《けんか》しないでったら、ほら」

それでも、女性従業員の割合が非常に大きく、常に大黒屋という老舗《しにせ》の看板を背負いながら、一般消費者と対する職場は、ある意味でストレスのたまる、窮屈な場所といえる。さらに、このところの不況による消費低迷、急がれる新規の顧客確保や商品開発の必要性などを上から言われれば、頭を抱えたくならないわけでもない。

「ママ、今朝言ってた話、あれ、いいよね？」

「だけど、そうなれば遅くなるんじゃないの？」

「そんなでもないって。それに、明日からって、言ってきちゃった」

何の話だろうか。麻衣は何をしようとしているのだ。尋《たず》ねようとした時に、光平が「ねえ、ママ」と口を開いたから、智明は出かかった言葉を呑み込んだ。

「二年になったら、お小遣い上げてくれるんでしょう？」

「二年？　来月からっていうこと？」

「あ、じゃあ、私も」

また出費が増えるのか。まあ、宏子が何とかしてくれるだろうが。智明は黙って箸《はし》を動かし、ビールを飲む。

給与水準そのものは、決して高いとはいえないまでも、大黒屋は、待遇面ではずいぶん恵まれている方だ。割引制度はもちろん、健康保険制度などの福利厚生面も充実しているし、グループ企業や法人契約を結んでいる様々な施設、保養所なども格安で利用することが出来る。勤務時間、休暇制度だってきっちりとしていて、そういう点から考えれば、かなり理想的と言うことが出来た。

「だって、麻衣はアルバイトするんだろう？」

「それとこれとは、別じゃないよ」

「ちょっと」

智明は初めて口を開いた。家族が一斉に静かな眼差しを向けてくる。

ままを動かし始める。

「アルバイトするなんて、聞いてないぞ」

麻衣と宏子がちらりと視線を交わしあった。宏子は、わずかに不服そうな表情で、黙った
まま箸を動かし始める。

「どこで」

「マック」

「アルバイトは、学校で禁止されてるんじゃないのか」

「言わなきゃ分からないってば。私だって、つきあいってもんがあるしさ、少しでもパパた
ちを楽にさせてあげようと思うから、決めたわけ」

何が、つきあいだ。楽にさせてあげようだ。

「いいよな、高校生は自分でバイト出来るんだから」

今度は光平が不服そうな声を出す。

「俺だって、バイトくらいしたいのに」

まだ髭《ひげ》さえ生えてきていないくせに、麻衣に負けず劣らず洗面台の脇を大きく占領して、
自分専用の整髪料や洗顔料などを置き始めている息子を見て、智明はぎょっとなった。耳た
ぶに小さな穴が開いている。

「光平、おまえピアスしてるのか」

すると、光平は不思議そうな顔で頷いた。

「いつから」

「去年の、暮れじゃん」

「暮れ？」

気がつかなかった。第一、中学一年生の男子がピアスの穴を開けるなどということは、智明には想像もつかないことだ。だが、光平は、そんなことも知らなかったのかというように、ふん、と小さく鼻を鳴らす。

「冬休みの間は、ずっとつけてたじゃないか」

「——いいって、言ったのか」

今度は宏子を見てみた。だが、宏子も実に澄ました表情で「だって、開けて帰ってきちゃったのよ」と答える。その間、麻衣は箸の先を口にくわえたままでテレビを見ていた。長い爪をして、血豆のような不吉な色のマニキュアを塗って。手元だけ見ていたら、どこかのホステスのようだ。その爪はどうしたんだ、何とかならないのかと言ってみようか、黙っているべきかと考えているとき、父親の視線に気付いたらしい麻衣が、ちらりとこちらを見た。

「だから、明日から私さ、夕御飯いらないから」

「——そんなに遅くなるのか」

「だって、閉店までだから、九時までだもん」

「パパ、まだいいなんて言ってないぞ」

「駄目だってば。もう、決めてきちゃったたって、言ってんでしょう？」

テーブルに両肘《ひじ》をついて、米粒をほんの五粒か十粒程度ずつ箸の先で口に運ぶ麻衣は、何となく気だるそうで、人を小馬鹿にしているように見える。

「本当はさ、パパのデパートで頼めないかとも思ったんだけど、何となく駄目そうかなとも思って、やめたんだ」

妙に棘《とげ》のある言葉だ。智明は黙って出来合いの中華肉団子をつついた。

ちょうど一年前、智明は春の定期人事異動で、現在の「文房具・事務用品」という、百貨店には欠かせないとはいえ、決して華やかとは言い難いフロアーの担当課長になった。出世のスピードとしては、早からず遅すぎずという程度ではあったのだが、それでも十数年来にわたり、ずっと婦人服を扱ってきた智明にとって、その異動はかなりの衝撃だった。

デパートの花形は、何といっても婦人服売場なのだ。商品開発や外商を除く、いわばデパートの基本となる営業部門では、婦人服こそが大幅な利益を生み、デパートの顔にもなる。せめて玩具《がんぐ》の担当ならば、まだ賑《にぎ》やかで結構だとも思ったのだが、文房具や事務用品だけを目当てにデパートに来る客など、そういるわけではない。

「——パパの売場じゃなくたって、他に聞いてみれば、あったかも知れないぞ」

「あ、じゃあ、午後から出来るバイトなんて、ある？」

「そりゃあ、聞いてみなきゃ分からないけど」

「でしょう？　パパが、そんなに顔がきくなんて思わなかったしさ、コネで入ったバイトじゃあ、適当なことも出来ないもん」

「――――」

「大丈夫だって。春休みが、一番羽根を伸ばせるんだよ。宿題も出ないし」

「――春休みの、間だけなんだな」

それならば、仕方がないか。最後のビールを飲み干すと、智明は黙ってご飯茶碗を差し出した。宏子も黙ってそれを受け取る。

現在、大黒屋のみならず方々の百貨店が、生き残りをかけて専門店化を進めたり、独自ブランドの開発に乗り出している。四年前、郊外型の新店舗を開店するのと同時に、都心の店から転勤になった智明は、現在の店の婦人服部門を背負って立つつもりになっていた。

「課長っていっても、文房具だと、大した貰《もら》い物もないわねえ。新学期の季節くらい、何か来るかと思ったのに」

山盛りの飯をよそった茶碗を差し出しながら、宏子が呟いた。

「――これから、来るかも知れないさ」

「そう？　だけど、去年なんかうちに新入生がいるって分かってても、何も来なかったじゃない？　取引先の課長に、それくらいの気配りは、するものだと思ってた」

「どうせなら、食料品とかのが良かったよね」

光平も母の言葉を続けるように言う。智明は、ますます嫌な気分になった。確かに、売場によっては業者から様々な貰い物をする場合がある。婦人服担当だった時にも、智明はスカーフや靴、バッグなど、ずいぶん色々な貰い物をした。

「そうねえ、そうしたら一番、助かったかも知れない」

「――何も、貰い物だけで暮らさなきゃならないような生活、させてないだろう」

どこで買ってきたのか知らないが、やたらと塩辛い漬け物を噛《か》みながら、智明はどんどん惨《みじ》めな気持ちになっていくのを感じていた。

「そりゃあ、そうだけど。重たい思いして、買ってこなくて済むだけでも、ありがたいっていうことよ」

何を言っているのだ。大抵の買い物は、智明が休みの日に付き合って、車で行っているではないか。世の中、そんな亭主ばかりでもないと思うのに、哀れっぽいことを言うなと言いたかった。

少しの沈黙の後、子どもたちは「ごちそうさま」を言うでもなく、めいめい勝手に席を立った。麻衣はテレビの前に行き、光平は冷蔵庫から飲み物を取り出して、部屋へ引っ込んでしまう。コロッケに添えた野菜も、マカロニサラダの脇のトマトやレタスも、ほとんど残したままだ。うちの子は野菜が嫌いらしい。嫌なら残して構わない、というのが、宏子の教育だっただろうか。そんなことを考えていたとき、当の宏子が、わずかに声をひそめて「ねえ」と言った。その芝居がかった表情に、智明は思わず小さく身を乗り出した。ソファーに座っている長女の方にちらりと視線を走らせ、女房は改めて「今日ね」と続ける。

「私、今日、警察に行ってたのよ」

智明は、思わず眉根を寄せて妻の顔を見た。外出した日は、普段とは別人のように化粧をしている。急いで普段着に着替えただけの彼女は、パールらしいイヤリングを両耳に輝かせていた。そんなものをいつ買ったのだろうと、ふと思った。

「光平、万引きしたんだって」

「光平がか？」

「ナイフ。何とかいう、ほら、今、問題になってるでしょう？　あんなの」

一瞬ぽかんとなり、次いで智明は、案外、落ち着いた表情の宏子を見ているうちに、猛然と腹が立ってきた。どうして、そんな大切なことを早く言わないのだ。どうして、平気な顔をして普段通りに食卓を囲めるのだと思うと、白々しい表情の妻や息子が、得体の知れない存在にさえ思われる。

「美容院に行ってたって、言ったじゃないか」

「だから。帰ってくるなり電話がかかってきたの。それで、飛び出したんだってば」

「――光平を呼べ」

「やめてよ、パパ。警察でさんざん叱られて、私だって何回も頭を下げて、やっとのことで帰してもらったんだから。学校にも連絡しないっていうことで。本人も、分かってるから」

「小遣いを値上げしろなんて言ってか？　涼しい顔、してたじゃないか」

今度は宏子の返事を聞く前に、智明は「光平！」と大声を上げていた。テレビを見ていた麻衣が驚いたように振り返る。宏子が「パパ！」と鋭く呼んだが、智明はもう一度息子の名を呼んだ。光平は、「ばれたか」とでもいうような、半ばふてくされた表情で、のろのろと出てきた。智明は「冷静になれ」と自分に言い聞かせながら、自分の傍に立った息子を見上げた。

「どうして、そんなことしたんだ」

「――――」

「答えなさい。それも、ナイフなんか盗んで、どうするつもりだったんだっ」

思わず語気が荒くなった。光平は上目遣いにちらりとこちらを見、またうつむく。

「――ごめんなさい」

意外なほど素直な言葉が返ってきた。智明の中で、自分らしくもないと思うほど大きく膨らんでいた怒りの感情は、そのひと言であっけなく萎《な》えてしまった。

「――悪いことしたって、分かってるな」

小さく頷く光平の向こうで、宏子も必死に頷いている。

「二度と、するんじゃないぞ」

結局、智明に言えたのは、その言葉だけだった。光平は「はあい」と答えて、すごすごと部屋に戻った。室内に、テレビから洩れてくる音だけが広がる。

「お友だちに持ってる子がいたらしいのね、それで、張り合おうとしたらしいけど。前から、何かと色んなものを見せつけてくるらしいのよ」

「だからって——」

「だからね、今度こういうことをしたら、学校だってやめなきゃならないのよって、言い聞かせたから。もう、そういうことしないようにと思ったら、もうちょっと、お小遣いを値上げした方がいいんじゃないかって」

それとこれとは問題が別だろうと思う。第一、学用品や参考書を万引きしたわけでもない、盗んだのはナイフだというではないか。いくら友だちの真似でも、息子の中に、何か不穏な芽が伸び始めているのではないかと思うと、不安と共に、無力感とも、絶望感ともつかない感覚がこみ上げてくる。

「——お湯割り、作ってくれないか」

宏子は「まだ飲むの？」と、非難がましい表情になり、それでも黙って席を立った。

「お湯、沸かすから、待って」

「ポットにないのか」

「出かけるときにスイッチ切って行ったもの」

じゃあ、いいかな。せっかく少し運動したのだから、消費したカロリーをすぐに補うこともないか。そんなことを考えたものの、だからといって宏子に話しかけるのも面倒で、智明は、ただ黙っていた。

「光平、そんなことやってんだ。格好悪ぅい」

ふいに麻衣が立ち上がり、それだけ呟くと、さっさと自分の部屋に入ってしまった。

3

大黒屋百貨店では、二年前からフレックス制を導入している。コアタイムは午前十一時から午後四時で、前後の時間は個人の裁量に任されていたから、智明は、仕事の帰りにスポーツジムに寄ろうと思う日や、たまに他の約束が入っている日以外は、朝は遅く出勤していた。もともと現在の支店に転勤になってからというもの、都心へ向かう多くの通勤客とは流れが逆になって、朝の通勤ラッシュからは解放されていたが、午前十時を過ぎてから家を出ると、郊外へ向かう電車は、さらにのんびりとしていた。

——まあ、しょうがないんだよな。

その日も既に日は高く、車内は春の陽射しに満ちていた。ゆったりと座席に腰掛けながら、智明は「しょうがない」と繰り返していた。今朝、早朝からいそいそと出かけていった宏子のことを考えていた。

「鎌倉なんて何年ぶりか分からないもの」

慌《あわ》ただしく支度をして玄関に向かうとき、宏子はそんなことを言っていた。なるほど鎌倉は久しぶりかも知れないが、確か先月も友だちの誰かと日帰り温泉ツアーなるものを決行したはずだし、それでなくとも、週のうち半分以上は、せっせと外出しているのだ。バーゲンがある、カルチャーセンターに行きたい、展覧会のチケットをもらったと、実に様々なことを言っては、家を空けている。第一、出かけるのなら前の晩から言っておけば良いではないかと思うと、それが智明には不快だった。結局、わがまま勝手に出かける癖がついたとしか思えない。

だが、その気持ちも分からないではなかった。昨年、光平が中学に入るまでは、宏子の日々は、ひたすら子どもの受験だけに集中していたからだ。

子どもは伸び伸び育って欲しい、受験の苦労はさせたくないと思ったら、取りあえず小学校か中学校の段階で私立の学校に入れてしまうに限るという考え方は、宏子のみならず、智明の考えでもあった。二人の子どもは親の説明に納得し、自らも望んで中学受験に取り組んだ。努力の甲斐あって、四年前には麻衣が、昨年は光平が大学の付属校に合格した。特に光平については、男の子ということもあって、宏子の熱の入れようは大変なものだった。そんな妻が、子どもの受験が済んで、ようやく羽根を伸ばしたくなったのも無理からぬことかも知れないのだ。

「まあ、こっちの稼ぎで、そうやって呑気《のんき》にしてるんだと思えばね、まあ、いいかなって思うより他、ないんだし」

その日、珍しく仕事の帰りに家電担当の新田《にった》という課長から誘われて軽く一杯飲むことにした智明は、自分が思っているのと同様の台詞《せりふ》を耳にして、思わず苦笑した。智明よりも五、六歳は上だろうか、四十六、七らしい新田は、生え際も大分後退して、大分くたびれて見える。これまでにも何回か酒を飲んだことのある彼は、ひと言で言えば毒にも薬にもならないという印象の男だった。

「僕も滅多に外で飲んだりしないんだけどね、やっぱり、家に帰る前に嫌なことは全部忘れてしまわないとさ。家族にあたるようなことになると申しわけないから」

「そうやって気を遣ってる親父の気持ちなんて、家の者には分からないんですけどね」

「そりゃあ、仕方がないさ。仕事をしてる姿を見たことがあるわけでもないし、僕が思うにね、やっぱり給料が振り込みになった時点で、親父の存在価値っていうか、有り難味みたいなものは、家からなくなったよね」

「なくなりましたねえ」

現在、智明たちが勤務している大黒屋の郊外支店は、テナント数を増やし、専門店を多くして、百貨店ならぬ五十貨店を目指しつつあった。

「親父の苦労なんてさ、家族には関係ないんだ。まあ、知られたくないとも、思ってるんだけどさ」

「しょうがないんでしょうかね、やっぱり」

「しょうがないさ。僕らの置かれてる状況なんか、どんなに話したところで、分かりゃあしないんだから、愚痴だと思われるのが、せいぜいだよ」

近くに家電の安売りを始めとする郊外型の大型専門店が競合している地域にあって、大黒屋が大黒屋らしい品位を損なわずに、なおかつ地域に根付いて生き残っていく為には、思い切った対策が必要だと、これは会議の度に聞かされる台詞だった。たとえば、わざわざ都心まで出ることなく、気に入ったブランドの服や小物類が手に入るという魅力、エステティックサロンやネイルサロン、クイックマッサージなどの、個性的な付加価値がなければならないというのが、上の考え方のようだ。激しく変貌しつつある流通業界、老舗の大黒屋の中にあって、そういった変化について行ききれない、新しい力を発揮出来ない社員は、自ずから主流からはずれてしまう。つまり、新田にしても智明自身も、自分ではそんなつもりはないのに、既に傍流の存在になったと考えざるを得なかった。

「まあ、さ、こうやって、二、三千円で憂《う》さを晴らそうっていうんだから、安上がりな話だよ。うちの女房なんて、ちょっとストレスがたまったとか言っちゃあ、山のように買い物をして帰ってくるんだから」

「僕らには、使う喜びなんて、無縁ですよ。とにかく、必死で稼いでくるだけでね」

「君んとこも、そう？　やっぱり、そうなのかねえ。だんだん、家に居場所がなくなってきてるしなあ。昨日なんか、『いつまでも課長止まりね』なんて、言われてさ」

「僕も、そうです。貰い物もなくなったとかね」

かつては高飛車《たかびしゃ》な売れ筋メーカーに苦労しつつも、大黒屋の看板を背負っているつもりになって婦人服売場にいた自分が、ついでという感じで買い物をするようなフロアーに回されたということは、それだけで、もう先は見えつつあるということに違いなかった。その情けなさ、敗北感を、家族にだけは知られたくない、それが、智明のせめてもの気遣い、一家の主としての意地だった。

「的場くん、いくつになったの」

「僕ですか。今年、厄《やく》なんですがね」

「そりゃあ、気をつけた方がいいな。僕の時はね、ぎっくり腰をやって、その上、今の家電に移ったんだから」

「新田さん、前はどこに？」

「食品だったんだけどね。それこそ、あの頃は貰い物が多かったな」

「そういえば、僕は去年異動になったんだ。前厄だったからですかね」

「そうかも知れんよ、厄払い、行ったら」

駅の裏手に小さくまとまっている、古くからの商店街の片隅にある居酒屋だった。どれほど新しく拓《ひら》けた町にでも、こうして以前から暮らしてきた人々のための、多少すすけた、人間くさい一角がある。日頃は華やかな照明の下で、新しいものばかりを追い求めているような仕事から解放されたときの智明は、実はこういう界隈《かいわい》の方が、落ち着くことが出来た。軒を連ねている小さな店には、たとえ職種は違おうと、何《いず》れも「ご同輩」と呼び合えそうな、そんな中年男たちがひしめき合っている。

「――だからね、最近は僕も少し料理を覚えようかなんて、思うようになってさ。ほら、男の為の料理教室なんて、よくあるじゃない？」

「料理ですか」

「これが案外、面白いんだな。女房よりも評判のいい料理も、あるくらいでね」

諦観の人とでも呼びたくなるような新田は、最初のうちはあくまでも物腰柔らかく、ちびちびと酒を飲みながら、そんな話をしていた。だが、やがて酔いが回るにつれて、変化が現れ出した。女子従業員に対する愚痴から始まり、納入業者の愚痴、さらには部長への批判を口にする頃は顔つきまで変わり、ついに、怒りの矛先は店次長にまで向けられた。

「――あの男はね、僕より二年、後輩なわけ。入店した頃から、そりゃあ切れ者で通ってはいたさ。だけど、最近のあいつを見てると、違う意味でキレてるんじゃないかと思うよな」

こういう人だったのかと内心で驚きつつ、それでも智明はひたすら新田の話を聞いてやっていた。たまには、愚痴をこぼしたい日だってある。そういう思いを理解し合えるのは、結局のところは男同士、似たような境遇の仕事仲間しか、いないのだ。

「――冗談じゃ、ねえってんだよ、なあ。独自性、独創性って、二言目には同じことばっかり言いやがって。家電に独自性なんて、どうやれっていうんだ」

やはり、最後に口にしたかったのは、これなのだ。それは、智明にしても同じだった。文具売場では従来から、特に新入学シーズンともなると文房具への名入れサービスなどを行ってきたが、自宅でも手軽にスタンプやシールが作れ、プリクラなども氾濫《はんらん》している昨今では、ただの名入れサービスだけでは呼び物としては弱すぎる。まったく違う切り口から、「大黒屋の文具売場」を印象づけられる何かはないかと、それが上からの命令でもあり、智明の悩みの種でもあった。

「ちっくしょう――定価のまんまの、高い電化製品なんて、俺だって買やあ、しねえや」

「うちだって、そうですよ。あんな中途半端にパソコン関係の物を揃えたって、五分も歩けば、専門店もあるっていうんだ」

互いの鬱屈《うっくつ》した思いをさんざんに吐き出して、何とか溜飲《りゅういん》を下げた気分になり、久しぶりにふらつく頭でマンションに帰り着いたときには、午後十一時を回っていた。

「あ、何だ、パパ」

珍しく迎えに出てきたと思ったら、宏子はつまらなそうな顔でそう言った。何だとは、何だと言おうとして、靴を脱ぎかかり、智明は玄関を見回した。靴が、少ないようだ。

「まだ、帰ってないのか」

宏子は唇をわずかに尖らせて頷く。だから、アルバイトなどさせるべきではなかったのだと言いかけたとき、「二人とも」という声が聞こえた。

「――二人とも？　光平もか」

大きく息を吸い込み、酔いをさまそうとしながら、智明はゆっくり口を開いた。宏子は「そうよ」とだけ言い残して、先に引っ込んでしまう。大股で妻の後を追った智明は、自分もガラスのドアを通り抜けて、一瞬、啞然《あぜん》となった。ダイニングの椅子《いす》がひっくり返り、床に食器や料理が散乱している。

「光平、か」

「急にかっとなって、怒鳴り始めて、そのまんま、出ていったきり。今日に限ってパパも遅いし、もう、どうしようかと思って――」

宏子の声は、明らかに智明を責めているように聞こえた。やめてくれ、どうして俺が責められる？　俺は何の贅沢《ぜいたく》も言っていない、良き家庭人として、精一杯のことをしているではないか、久しぶりに軽く飲んできただけではないかと、智明の中で様々な思いが渦巻いた。

どうしてこんなことになったのか、まるで分からなかった。智明は、決して家庭を顧みないような夫ではなかったはずだし、それどころか、妻や子どもたちのことを常に最優先に考えてきた。これまで一度だって、家族の間に大きないさかいなど、起こったことはなかったのだ。

4

「どういう、ことなんだ」

智明は、押し殺した声で呟いた。間髪《かんはつ》入れずに「だから、分からないってば」という宏子の言葉が返ってくる。既に午前零時を回っていた。さっきから幾度となく似たような会話を交わしている。そうして苛立ちながら待っているというのに、光平だけでなく麻衣までも、帰ってこないどころか、電話さえかけてこない。

「お前、母親だろう」

「だったら、パパだって父親じゃない」

「――そこ。もう、片づけろよ」

光平が帰宅したら、本人に片づけさせるつもりでそのままにしておいた食器や料理を顎で指し、智明はソファーに腰を下ろしたまま、天井を仰いで深々とため息をついた。酔いなどとうに醒めている。どこから連絡が入るかも分からないと思えば、着替えることも出来なかった。

「やっぱり、警察に届けた方がいいんじゃないか？　いくら何でも十二時を過ぎ――」

「駄目っ！　駄目よ！」

床に屈んでいた宏子が、ふいに激しい口調で言った。

「警察なんて。先週は万引きで捕まって、今週は家出なんていったら、それこそ札付きになっちゃうわ」

「だけど、光平だけじゃなくて、麻衣だって帰ってきてないんだぞ」

「あの子は――大丈夫でしょうけど」

宏子が、すっと立ち上がった。表情のない目でちらちらとこちらを見、微《かす》かにため息をついている。何か嫌な話を聞かせようとしているらしい。長い間によく承知している、宏子の癖だ。

「――どこにいるか、知ってるのか」

「――――」

「何なんだ」

「――麻衣は――お友だちと一緒だと思うから。多分よ、多分ね」

多分だけで安心していられるものか。苛々《いらいら》してきた。思わず大きく舌打ちをし、智明は改めて妻を睨み付けた。だが、宏子はそんな智明の視線をすっとかわして、再び床に屈み込んだ。

「誰なんだ、その友だちって」

「——会ったこと、ないもの」

「会ったことなくても、知ってるんだろうっ」

「だって、パパには内緒にするって、約束してたんだもの」

「——男か」

宏子は、仕方がないという表情で、渋々頷いた。高校二年生ともなれば、ボーイフレンドくらいいても不思議ではない。それも、今どきの女子高生の話を耳にする度に、「もしや」という思いがよぎらないではなかった。だが、それでも智明は安心していた。何かあれば、母親が察するに違いない、それを智明にも聞かせるに違いないと信じていたからだ。

「大学生。前から、春休みになったら旅行したいって聞いてたのよね。私、はっきりオーケーしたわけじゃ、なかったんだけどな」

「旅行？　女子高生が、男と泊まりがけで旅行するのかっ」

「でも、嘘《うそ》ついて行かれるより、いいじゃない？」

智明は、呆れ果てて妻を見た。一体、何を考えているのだ。嘘をつくどころか、そんな男の存在さえ、自分には知らせていなかったではないか。

「俺は何も聞いてないっ」

「私には、ちゃんと言ってたの！」

不敵な程の表情で、きっとにらみ返されて、智明は思わず口を噤《つぐ》んだ。自分の方がおかしいのだろうか？　何か、間違ったことを言っているのだろうか。それでは、自分は何も知らなくて構わないということなのだろうか。

「大丈夫よ、いざとなったらポケベルを鳴らせばいいんだし、明日にはちゃんと帰ってくるから」

「――――」

「それに、今は麻衣のことより光平でしょう」

「――警察には連絡したくないっていうんなら、じゃあ、他にどうするんだ」

「だったら、パパが連絡してよ。私、もう嫌なのよ。ただでさえ、警察の人と顔なじみになんかなっちゃって、この間なんか、たまたま商店街で会っても、『最近は、どうですか』なんて声までかけられる――」

そこまで言いかけて、はっとしたように口を噤んだ妻を、智明はじっと見つめた。この間だって？　最近？　たった一度の万引きで、そこまで顔なじみになるものか？

「――この間って、いつなんだ」

「――忘れた、けど」

「何か、おかしくないか。光平が捕まったのは、先週だぞ」

「――――」

「前にも、あるのか」

自分で口にしながら、頭がくらくらする。ああ、さっさと布団を被って寝てしまいたい。これ以上、もう何も聞きたくないと思った。だが、その耳に、宏子の妙に落ち着き払った「三回」という声が届いた。天を仰いでいた智明は、今度はがっくりとうなだれた。息子は万引きの常習、娘は男と外泊、それが、自分が慈《いつく》しんできた家庭の実態なのだろうか。

「――どうして」

「え？」

「どうして、言わなかったんだ！」

「パパにショックを与えたくなかったのよ。それに、最初の二回はお友だちに脅されてたっていう話だったし、せっかく入った学校で、そんなことになってるなんて知ったら、パパも心配すると思ったから」

「――――」

「そんなことより、今のことを考えてよ」

そんなことだと？　最初の二回を差し引いても、前回と前々回は、自分の意思で万引きしたということではないか。つまり、きっかけはともかく、万引きの常習になっているということだ。それが、「そんなこと」なのか？　吐き気さえ催してきそうだ。その智明の頭上から「パパは、いいじゃない」という言葉が降ってきた。

「警察に行って、頭下げてきてるのは、私なのよ。パパなんか、何も知らないで、スポーツジムに行ったり、お酒飲んだり、呑気にしてたでしょう？」

「――知らなかったんだから、しょうがないだろう」

「じゃあ、知ってたら行ってくれたの？　店に、職場に警察から電話が入っても、良かったわけ？　平気だった？」

智明は、一気にそれだけ言うと、後は口を尖らせたまま、苛立ったように眉根を寄せている宏子を力なく眺め、それから思い切って立ち上がった。

「どうするの？　あ、パパ！」

電話に近付き、受話器に手を伸ばした途端に、悲鳴に近い声が上がって、宏子が素早く智明の腕を掴《つか》む。彼女は智明の手からコードレスの受話器を奪い取った。

「何、するの！」

「警察に電話するんだっ。そんな問題児が、夜中まで外をうろついてて、誰か他の人に迷惑でもかけてみろっ、取り返しのつかないことにだって、なりかねないんだぞ」

「光平をそんな風に思ってるの？　自分の子どもを、信じてないのっ」

「信じるとか、信じないとかの問題――」

「ここに、パトカーなんか来られて、平気なのっ！」

思わず言葉に詰まった。世間体。だが、そんなことを言っている場合ではない。現に、光平は帰ってこないではないかと言いかけたとき、チャッピーの「いやあん」という声がした。振り返ると、ガラスのドアに人影が映っている。息を呑《の》んで見つめているうち、微かな音と共にドアが開いた。

「光平――」

うつむきがちに立ち尽くしている息子は、上目遣いにちらりとこちらを見て、口の中だけで「ただいま」と呟く。ここはひとつ、厳しく言ってやらなければならない、きちんと向かい合うべきだ、必要なら、ビンタのひとつくらい――と、智明が考えるよりも先に、宏子が素早く駆け寄った。

「お腹、空いたでしょう？　何か、食べたの？」

「――コンビニで、パン」

「もう、そんな薄着で飛び出して。どうする？　先にお風呂に入る？　そうしなさい、風邪《かぜ》ひいたら大変だから、ね。さあ、さあ」

まるで、智明に口を挟む隙を与えまいとするかのように早口にまくし立て、さっさと息子の背を押していく宏子を眺めているうち、智明の中には、言い様のない無力感が広がっていった。取りあえずは、無事に帰ってきたのだ。今夜は、光平も興奮しているだろうし、頃合いを見計らって別の機会に話す方が、確かに良いのかも知れない。だとすると、自分に出来ることは、明日に備えて、さっさと寝ることしかない。本当は風呂に入りたかったが、光平が出るのを待っている気力も、残っていそうにはなかった。

「あら、もう寝てるんだ」

布団に入ったからといって、すぐに寝つかれるものでもなかった。ただ目をつぶって、あれこれと思いを巡らしていると、頭の上から声がした。智明は返事をしなかった。

「呑気で結構ねえ、もう。無責任なんだから」

ため息混じりの声が降ってきて、やがて、部屋は暗くなった。どく、どく、という自分の鼓動を感じながら、智明は心臓から送り出されていく血液が、瞬く間に冷たくなっていくような気がしていた。

——俺が無責任？　俺の、どこが無責任だっていうんだ？

自分一人をないがしろにして、大切なことを何一つとして聞かせないで、それで、良いと思っているのか。勝手に暴れた息子に猫なで声を出して、父親の叱責から遠ざけて。

寝つかれないまま、ひたすら闇を見つめていると、やがて部屋の外から微かな笑い声が聞こえてきた。母親と息子が、何やら話し合いながら、和《なご》やかに笑いあっている。その笑い声を聞いているうちに、智明の冷え切った血液は徐々に体温を取り戻し、やがて、「まあ、しようがないのかな」という、いつもの思いが身体に染みわたり始めた。

反抗期なのだろう。癇癪《かんしゃく》を起こすことくらい、あるものだ。麻衣にしたって、まったく無断で外泊したというわけではない。宏子が承知していたのなら、宏子がそれで良いと言ったのなら——自分に口出し出来る余地はない。父親としての自分は、とにかく最後まで彼らを見守り続けていくだけだ。大切なときに、彼らが父親を必要としたときこそ、背を向けなければ、それで良いのだ。何だか泣きたいような気がしたが、智明は涙の流し方など、もう何十年も昔から忘れてしまっていた。

5

通勤途中に、新入生や新入社員の初々《ういうい》しい姿を見かける季節になっていた。誰の顔も希望に輝き、新しい季節を迎えた喜びに弾んで見える。スカートの裾を翻《ひるがえ》し、傷ひとつない鞄《かばん》を提げて歩く少年少女を目にする度に、智明は微笑ましい気持ちになるのと同時に、何とも情けない、苦々しい感情がこみ上げてくるのを感じた。

昨年の春には、光平だって少し大きめの制服を着て、気恥ずかしそうに学校へ行く新入生だったのだ。麻衣だって、黒く艶やかな髪を二つに結《ゆ》わえて、ぴょんぴょんと飛び跳ねているような少女だった。今の部署に異動になって、かなりの失意を抱えていた智明にとって、彼らの存在が、どれほどの励み、慰めになり、背中を押す存在になってくれていたことかと思う。つい昨年のことではないか。それなのに、たった一年の間に、何が、どうなってしまったのだろうか。

「うるさいなあ、パパには関係ないでしょうっ」

「そんなの、こっちの勝手じゃないかよ」

「何、言ってんだか、ぜーんぜん、分かんない」

麻衣が外泊から戻り、光平も落ち着きを取り戻した翌日の夜、智明は思い切って子どもたちと向き合おうとした。頭ごなしに叱りつけようというのではないが、親の考えはきっちりと聞かせておくべきだと思ったのだ。だが、そこで返ってきた言葉は、そんなものだった。

「少しはパパの言うことも真面目に聞け」

「だから、何なのよ。ああ、パパ、ひょっとして妬《や》いてるわけ？　ママは彼氏のこと知ってたのに、自分には言わなかったからって」

ソファーに腰掛け、短いスカートから伸びた足を組みながら、麻衣は茶色い髪の先を弄《もてあそ》び、まるで夜の巷《ちまた》で遊び回っている小娘と変わらない目つきで、冷ややかにこちらを見た。

「だって、パパたちが僕に無理をさせて、今の中学に入れたんだろう？　変な友だちがいたとしたって、僕の責任じゃないもん」

一方、万引きについて問いただした方の光平は、涼しい顔で、そう答えた。食卓をひっくり返したのは、ちょっとムカついただけのことだった、後は、コンビニで立ち読みをして過ごしていたという息子には、悪びれた様子さえなかった。

「大したことじゃ、ないじゃん。皆やってることなんだしさ、たまたま、見つかったっていうだけなんだから」

「それでも、人の物を盗《と》るっていうことがどういうことか、分からないのか」

「うるせえなあ、だから、分かったって。悪かったって、言ってるだろうっ。もう、しないって！」

そう怒鳴った時の光平の顔ときたら、まるで別人かと思うほど恐ろしいものに見えた。青ざめた顔をして三白眼になり、顎を突き出して、食いしばった歯の間から捨て台詞を吐くなどという態度を、いつの間に身につけたのかと、もうそれだけで、智明は目の前が真っ暗になる思いだった。

以来、子どもたちは食卓の席でさえも、智明が少しでも口を開けば、あからさまに人を小馬鹿にした、ふてぶてしい表情を見せるようになり、はっきりと智明を避けるようにさえなってしまった。

「難しい年頃なのよ。急に口うるさくなったって、駄目なんだったら。そんなことも分からないの？」

宏子までが、助け船を出すどころか、智明を軽蔑したようなことを言う。しかも、子どもたちが見ている前で言ったから、その結果、二人の子どもは、さらに冷ややかに父親を見るようになった。彼らは、智明が遅く帰宅した日などは、つい今し方までリビングにいたと思われる痕跡《こんせき》を残したまま、それぞれの部屋に閉じこもってしまう。職場にいるとき以上に、家に帰ってからの智明は孤独を感じ始めていた。

——馬鹿にしやがって。

誰のお陰で安心して毎日が過ごせていると思うのだ、誰のお陰で大きくなり、好き勝手なことが出来ているのだと言いたかった。あんな連中の為に、味気なく、手応えのない日々を送り続けなければならないのだろうか。面白くもない職場で、単に給料を運ぶだけの歯車になって、言いたいことのひとつも言えないままで。

春になって、智明の勤める支店にも新入社員が配属されてきた。智明の課にも大卒の男性社員が一人加わったが、最初だけ調子が良かったものの、一週間もしないうちに態度がだらけ始めている。女子社員やパート社員とばかり親しげに話し込んでいる様子からは、新入社員らしい初々しさも、緊張感さえも見て取れなかった。ところが、彼を直接指導すべき立場にある主任は、そんな後輩をどう思っているのか、まるで知らん顔を続けている。

——どいつも、こいつも。

どこに行っても、同じ考えが頭の中を堂々巡りする日々だった。智明は、日に日に気分がふさぎ込むのを覚え、苛立つどころか、心の中に虚ろな穴が広がっていくのを感じていた。こんな時、癇癪のひとつも起こすことが出来れば、どんなにすっきりすることだろうか。

怒鳴り声を上げ、何かを壊し、自分の内に積もり続けてきた言葉の全てを投げつけることが出来たら、どれほど身軽になることだろう。

だが、右を向いても左を見ても、憂さの晴らしどころなど、あろうはずがなかった。その上、デパートマンとして自分を抑え込むことに慣れてしまった哀しさか、それとも生来の性格からか、爆発のさせ方そのものが、もう分からないのだ。

——何とか出来ないのか。何とかならないのか。

夜毎、布団に入る度、智明は同じことを考えるようになった。自分が、暗く深い壺《つぼ》の底に落ち込んでいく気がしてならない。明日になれば、きっと気分も変わるさと、慰めるように自分に言い聞かせても、浅く、全身に寝汗をかく眠りから覚めれば、やはり味気なく冷ややかな朝が待っているだけだった。

せめて、思い切り汗を流す程度しか思い付くこともなくて、その日も智明は、職場からスポーツジムに直行し、黙々と身体を動かしてから帰宅した。

「あら、もう帰ってきたの」

ところが、何とか持ち直そうとしていた気持ちを瞬時にして打ち砕いたのが、宏子のそのひと言だった。

「——悪いか」

「そんなこと、言ってないでしょう」

「自分の家に帰ってきて、迷惑そうな顔をされる覚えなんか、ないぞ」

対面式のキッチンに向かっていた宏子は、仕事の手を止めて怪訝《けげん》そうな表情になる。そして、大きく息を吸い込むと、彼女は挑戦的に智明を見据えた。

「だったらねえ、毎日毎日、そんなに陰気な顔で帰ってこないでくれない？　家の空気が重くなるのよ」

「な――」

「いつでもむっつり黙り込んで、特に何かするわけでもなくて、私たちだって、気が重くなるわよ。だから、あの子たちだってけむたがって、何も言わなくなるんだわ」

智明は、呆気にとられて妻を見ていた。そんな風に思われていたのか、俺はこの家の邪魔者なのか――。

「――」

「ほら、そうやって、すぐ黙る。私がいくら明るくしようと思ったって、パパが全部、ぶち壊しにするのよね」

大げさなため息に続いて、じゃあじゃあと水を流す音が聞こえてきた。「いやあん」と、チャッピーが足下にまとわりついてくる。ズボンを通して、ほんのわずかに伝わってくる温《ぬく》もりが、自分を哀れんでいるように感じられた。猫だけが、味方なのか？　この家では、自分はもう必要とされていないのか？

――畜生。

黙って耐えている優しさが分からないのか。無言で支えてきた苦労が、分からないのか！　胸の奥がざわめく度に、常に理性で抑えてきた者の気持ちが、こいつらにはまるで分かっていないのだ。

――それが、俺が必死になって築き上げてきたもの。命がけで守ってきたもの。

ふいに、何もかもが馬鹿らしくなった。こういうとき、人は通り魔になったり、放火魔になったり、または痴漢にでもなるのだと思った。そういうことをする人の気持ちが、分からないではない。そうでなければ、外に女でも作るか、自殺を考えるか、何《いず》れにせよ、破壊衝動は自分の内か外かのどちらかへ向かう。下手をすれば、家族を刃にかけることにだって、なりかねないだろう。それでも良いような、どうせ、壊れかけている家族なら、自分の手で壊してしまいたいような、そんな気持ちにさえ、なりそうだった。

――こういう冷静さが、俺の欠点なのか。

智明の存在など忘れたかのように、宏子は台所で夕食の支度《したく》をしている。子どもたちは、いるのか、いないのだろうか。チャッピーだけが、いつもと変わらずに智明にすり寄ってきていた。

――厄年、か。

情けない。まだ四十を過ぎたばかりだというのに。かつては、共に生きていかれるならば、他に何もいらないとまで思った妻に悪し様《あざま》に言われ、子どもたちからは見向きもされず、このまま、ひたすら堪え忍んで、静かな老後に向かうなんて。数年後には新田課長のようになり、十年後には、もっと気力を失って、先も見えている、生涯所得も計算出来る生活の中で、ただ息をひそめて生き続けるなんて。

俺にだって、一生に一度くらいは、爆発することがある。そういうところを、今、家族に見せなければ、このまま不発弾のままで終わっては、おしまいだと思った。智明は、徐々に高鳴ってくる鼓動を感じながら、押入れから小さめのボストンバッグを取り出した。

——爆発してやる。してやるからな。

下着と数枚の着替えを詰め込み、傍でじっと見守っていたチャッピーの頭を撫でると、智明はボストンバッグを提げて台所に戻った。宏子は顔を上げようともしない。

「今、いくらある」

「——え？」

「財布に、いくらある」

そこでようやく妻は顔を上げた。智明がまだ着替えていないことに気づき、その手に鞄を提げているのを見てとって、彼女はようやく怪訝そうな表情になった。

「いくらでもいい、あるだけ、出してくれ」

「——何に、するの」

「いいから」

初めて、宏子の顔に恐怖にも似た緊張感が浮かんだ。それだけで、智明の中にはぞくぞくするような悦びが湧き起こってきた。そうだ、少しは慌てろ。俺がいなくなったときの恐怖を考えろ。

「パパ、まさか――」

「早く。出せよ」

これまでにない智明の様子に気づいたのか、宏子はおずおずと買い物用の袋に手を伸ばした。智明は彼女に近づき、妻が袋から財布を取り出すなり、横からさっと奪い取った。四七千円。それに、智明名義の銀行のキャッシュカードも入っている。ここまでするのは酷だろうか、だが、爆発して見せるのだ。ここで情けを見せれば、また馬鹿にされる。

「返してもらうぞ」

それだけ言うと、智明はカードと現金を抜き取り、それを背広のポケットにねじ込んで、玄関に向かった。

「ちょっと、パパ、どうしたっていうのっ。何、考えてるのよ！」

「うるさいっ！　俺が邪魔なら、消えてやる！」

宏子の顔が凍り付いたようになっている。さあ、引き留めるなら今だぞ。謝るのなら、今のうちだ。一家の主を大切にしなければ、明日からでも路頭に迷うっていうことを、少しは考えろ。靴を履《は》きながら、智明は背後から宏子が引き留めるのを待ちかまえていた。だが、何の言葉も、何の力も加わってこない。思い切って振り返ると、そこには白けきった妻の顔があった。

「もう、馬鹿なこと言わないでよ。変なお芝居してないで、さっさとお風呂にでも入っちゃえば」

能面のような顔で言われた瞬間、智明の中で、何かがぷつりと切れた。もう駄目だ。一度ポケットにねじ込んだ現金とキャッシュカードを取り出して、妻に向かって投げつけると、智明はそのまま玄関を飛び出した。閉まりかかったドアの隙間から「いやあん」という声が聞こえた。

どこで間違ってしまったのか分からないが、とにかくもう、この家は引き返すことが出来ないところまできてしまっている。父として、夫としての智明など、もう誰も必要とはしていないのだ。

——俺は金を払って「養わせて」もらっているだけじゃないか。お願いして、頼んで、我慢して！

春の夜風に吹かれながらマンションの外に出た時には、智明は決心していた。この次、この次、何かひと言でも俺の癇《かん》に障ることを言う奴が現れたら、会社の人間でも良い、見知らぬ誰でもかまわない、今度こそ本気だ。そいつこそ、八つ裂きにしてやる。どうせ、全てを捨てるのなら、いっそ、そいつを道連れにしてやろうと思った。散り残った桜が、夜空の下で揺れていた。

幽霊

1

テレビ局には幽霊がいる。

自殺したアイドル歌手だとか、ドラマ出演中に急死した俳優、スタジオ内の事故で逝《い》った大道具のスタッフ、あるグループの熱狂的ファンだった少女が病死した後も〝おっかけ〟を続けているのだとか、実にまことしやかな噂が密かに語り継がれている。だが、元々どんな奇妙な格好で歩き回っていても不思議だと思われないのがテレビ局だ。顔や首筋にべったりと血糊《ちのり》をつけている素浪人《すろうにん》が食堂でラーメンをすすり、全身緑色の宇宙人が長椅子で編み物をしている風景が当たり前なのだから、幽霊の一人や二人くらい混ざっていても、誰も気づきはしない。

「あ、大野さん！　探してたんですよぉ」

「何だい、中島ちゃんじゃない。どしたの」

「どしたのは、ないじゃないスかぁ、忘れちゃったんスか？　今日は、ほら、うちの新しい子に——」

「ちょっと、ちょっと、大森ちゃん、そう言わないでさ」

「駄目駄目っ、絶対、駄目だからね」

「もう、厳しいなあ、大森ちゃんてば」

「ふざけるなって、言ってやれよ」

「そう言ったって、スポンサーがダメ出してるんだからさあ」

東洋テレビの制作局フロアーには、いつもこんな声が溢《あふ》れている。報道局が知性のフロアーであり、技術局が職人のフロアー、編成局がエリートのフロアーなら、この制作局は、一年中がお祭り騒ぎのようなフロアーだ。

「だから、数字出してみろって言ってんだよ、な？」

「それ、言われると弱いんスけど、でも」

「デモも明後日もねえんだよ、カス！」

外部の人間の出入りもっとも多く、服装はラフ、芸能界と密着し、昼夜を問わず活気に溢れている、それが制作局だ。そして、その制作局にも、幽霊がいた。この私だ。

「ああ、津久井《つくい》さん、いらしたんですか」

「いたよ」

「さっき、ちょっと見たら、おいでにならないみたいだったんで、あちこち、探してたんですが——」

「二時間前から、ここにいたよ」

「——すみません。あの、そろそろ時間なものですから」

私の横に立った若い女性ディレクターの大木《おおき》知子《ともこ》は、必要以上に恐縮した表情で、皆が集まっているからと続けた。私は返事をする代わりに、大きく背を伸ばして深呼吸をした。確かに、さっき少しばかり小用に立ったことを思い出していたが、そんなことをいちいち言うのも面倒だった。

幽霊とはいえ、私の場合はちゃんとした二本足の幽霊だ。三度の飯も食えば、酒も煙草もやる。テレビ局に住み着いているわけではなく、時間が来れば帰るし、夜には眠る。それでも、幽霊だった。

「じゃあ、行くか」

「お願いします」

もったいをつけるつもりはなかったが、だからといって慌てるつもりもない。私はゆっくり立ち上がって、薄っぺらいシナリオを片手にスタッフルームを出た。どうせ、どこにいても私に声をかけてくる人間など、滅多にいやしない。ヒステリックなくらいにけたたましい声で笑い、はしゃぎ、または怒鳴り声を上げている人々はすべて私の横をすり抜けるばかりで、私の存在すらまるで目に入ってはいない。もちろん、中には視線が合ったときに、ちらりと儀礼的な黙礼を寄越す人間もいるし、気まずそうな表情で横を向く人間もいないではない。だが、その数は、人混みの中で「幽霊を見た」と騒ぐ人間くらいに少なかった。

「津久井さん！」

ところがその日、廊下を歩き始めた私は、珍しく背後から声をかけられた。だが、今どき私を呼ぶ人間などいないだろうと思ったから、無視することにした。すると、隣を歩いていた知子が、気遣わしげに振り返り、それから、驚いたように声の主と私とを見比べている。彼女の、間の抜けた表情を一瞥《いちべつ》した時、また「津久井さん！」という声がした。

「やっぱり、津久井さんじゃないですか」

振り返るなり、小走りに近付いてくる男が視界に入ってきた。反射的に、手を上げて応えそうになり、次の瞬間、奇妙な苦々しさがこみ上げて来る。俺を呼ぶなという、いじけた声が心の中で響いた。俺なんか呼んだって、大した用でもないだろう。幽霊の存在を、周囲に気付かせるようなものではないか。だが、隣にいる知子の手前もあって、まったく無視することも出来ない。私は覚悟を決めて、「おう」と答えた。

「久しぶりじゃないですか！」

嬉しそうな表情で近づいてきたのは、朝倉浩之《あさくらひろゆき》だった。ゴルフ焼けに違いない顔を太陽のように輝かせて、若々しく、溌剌《はつらつ》として見える。往年の青春スターは今も健在というところらしい。

「ああ、よかった。いや、ちょうどね、どうしてらっしゃるかなと思ってたんです」

私よりも十センチ以上背の高い朝倉は、以前よりも幾分肉付きの良くなった顔に、人なつこそうな笑みを浮かべながら、手首に太い金のブレスレットが光る手をすっと差し出してくる。取りあえず握手。それが朝倉の癖だったと、久しぶりに思い出した。

「お元気そうで」

「元気さ。まったく健康的な生活だからな」

私は、半ば自嘲《じちょう》的に、口の端だけで微笑《ほほえ》んで見せた。いつの間に、こういう笑い方を身につけたのか覚えがない。だが、少なくとも朝倉と仕事をしていた頃は、こんな笑い方はしなかったと思う。朝倉は幾分困惑した表情で、それでも「それはよかった」と答えた。

「浩さんは、どう。忙しいみたいじゃない」

本当のところは何も知らない。取りあえず、そう不景気そうな顔にも見えなかったから、愛想のつもりで言ってみた。朝倉は照れたように「いやあ」と首の後ろに手を回す。

「事務所の方も、どうにか軌道に乗りかかってきたっていうところなんです。まだまだ、忙しいばっかりですよ」

言葉とは裏腹に、彼はどこか余裕のある笑みを浮かべている。私は、そういえば数年前に、彼が芸能プロダクションを設立したという挨拶状を受け取ったことを思い出した。あの時、花の一つも贈っただろうか。まるで記憶がない。とりあえず、当時は今よりもなお、酒浸りの日々だった。それだけは間違いない。

「どうです、今度久しぶりに一杯」

「ああ、今度ね」

「また。今度とお化けは出たことがないなんて、思ってるんでしょう」

幽霊を自認している私に、妙な冗談を言う男だと思いつつ、それでも私はそう悪い気はしていなかった。この制作局というフロアーは、まったく過去を振り返ることのない、どんな恥でも見事にかき捨てていく人間の集まっているところだ。言い換えれば、常に先を見ているということだが、それは視聴率という目先の一点だけであり、実に近視眼的な集団ということも出来る。そんな中で、七年という年月は、大昔以外の何ものでもない。そんな大昔に関わった相手を、今も覚えていてくれる人間が存在するというだけで、新鮮でさえあった。

「じゃあ、日を決めましょうよ、ね？　いつが、いいですかね」

「こう見えても、俺もなかなか忙しいんでね」

精一杯の虚栄だった。何しろ、若い女性ディレクターがすぐ傍に控えているのだ。そんなところで、「暇で暇で」などと言えるはずがない。朝倉にしたって、人柄が良いことは確かだが、それでもこの業界で長い間泳ぎ回ってきた男だ。たまたま廊下で私を見かけて、思わず声をかけてしまったものの、何も本気で誘っているとは考えにくい。

「分かりました。じゃあ今週中に、お電話しますよ、ね？　その時に決めるっていうので、どうです」

私は、分かった分かったというように、丸めて持っていたシナリオを振って見せ、嬉しそうに「じゃあ、また」などと笑っている朝倉をその場に残して、再び歩き始めた。

「朝倉、浩之ですよね」

隣から知子が控えめな声で聞いてきた。私は口の中だけで「ああ」と答えた。

「お知り合いですか？」

「昔の、な」

「へえ、まだいたんですね」

そのひと言に、私はまた口の端を歪《ゆが》めた。そう、まだいたのだ。人前から姿を消したからといって、存在そのものが消えるわけではない。だが、この世界で生きている人間は、電気の箱に映らなければ、それは「消えた」も同然ということになる。

「ドラマ、ですか？　あれ、津久井さんはずっとバラエティだったって聞きましたけど」

「ああ、まあ、いいよ。昔のことだ」

去年まではアシスタント・ディレクター（ＡＤ）として、雑用ばかりしていた知子は、まだ二十代の半ばを過ぎた程度の年齢だった。彼女は、七年前までの私の姿など、見たことも聞いたこともないのだろう。

小さなミーティングルームには、既に他のスタッフが集まっていた。私はいちばん奥の、自分の指定席になっている場所に腰掛けた。今年入ってきたばかりのADが、すかさずコーヒーを運んでくる。

「灰皿」

「あ、はいっ」

「それから、ミルク。俺は二つ使うって、この前言ったろう」

「あ、はいっ」

椅子に浅く腰掛け、背もたれに大きく寄りかかったところで、私は「始めていいよ」と呟《つぶや》いた。それを合図のように、集まった数人のスタッフ全員が、配られていたシナリオに目を落とし始めた。改まった挨拶も、冗談や雑談の類も、何もなしだ。

「ええ、じゃあまず、八月の第三、第四週分の収録日程の確認から始めさせて頂いて、それから九月の予定について、決めていきたいと思います」

アシスタント・プロデューサー（ＡＰ）が几帳面《きちょうめん》な声で話し始めた。私は、ぺらぺらの薄いシナリオをめくり、取りあえず格好だけは会議に参加しているポーズをとった。集まっているメンバーは、東洋テレビからは私を含めて知子とＡＤの三人、残りのＡＰを始めとするディレクター、ＡＤ、カメラマン、音声、照明、放送作家などは全員、社外の人間だ。

「——日程の方は、そういう感じで進行したいと思います。次に、九月の内容について、なんですが」

　毎週日曜日の午前五時十五分から東洋テレビが放送している『いのち礼賛《らいさん》』は、ある宗教団体がスポンサーについている、退屈きわまりない番組だった。季節によって鮭《さけ》の遡上《そじょう》を扱ったり、雪道を歩く子どもたちをひたすら追いかけ、そうかと思えば、散る桜だけを捉える。その映像に、意味があるようでないようなナレーションと音楽が被さる。それだけなら環境ビデオのようで、それなりに心地良いかも知れないのに、時には鄙《ひな》びた山村を映してみたり、伝統工芸の職人技を追いかけたり、または祭りの風景を撮るといった具合で、まるで一本化されていなかった。いわば「いのち」にさえこじつけられれば、何でも構わないといった、まるで内容のない番組だ。

「第一週では、『過ぎゆく夏に』っていうのがスポンサーさんから出されてまして、ええと、どこで『過ぎゆく夏』を見つけるかっていうのが問題で、『波打ち際』っていう案が、出されてるんですが」

「どこの海の『波打ち際』かで、ずいぶん、変わるよね」

　三十代の放送作家が口を開いた。彼は、意味不明のナレーションを考えることにかけては、なかなかの才能を示す。もともと自分のアイデアを通すよりも、スポンサーの意向を生かして、器用な文を書くことを得意とする男だ。適当な小遣い銭を稼ぐという意味では、この番組は都合の良い仕事ということも出来るだろう。

「この時期に撮るんだから、南の方じゃ、まだ夏真っ盛りって感じだろうよ」

「ちょっと波が荒くなりはじめてるっていうんなら、やっぱり日本海ですかね」

我々だって多少の知恵を使わないわけではないが、そんな程度だった。オリジナリティも新鮮味も何もない。それで良いのだ。

「休日の始まりを心の平安と共に」というのが、スポンサーの考えらしい。宗教色をあまり前面に押し出すことなく、清々《すがすが》しさだけを伝えたいというものだが、日曜日の明け方に、そんな役にも立たない番組を見る人間など、その団体の信者以外には、滅多にいるはずもない。視聴率だけで能力さえ判断される世界にいて、そんな番組しか作っておらず、数字を気にする必要がないということは一見気楽なようではあるが、実は、もうそれだけで無能で役立たずであると、烙印《らくいん》を押されているようなものでもあった。

「――第三週は、ちょうどお彼岸なんで、彼岸らしい風景を、ということです。そうでしたよね、津久井さん」

「彼岸ねえ――彼岸花、かな。どっか、一面に咲いてるところなんて、ないかな」

会議の間に私が発言したのは、結局そのひと言だけだった。真面目で忠実なプロダクションＡＰは、いかにも大切な情報を得たというようにしっかりと頷《うなず》き、「それで行きましょう、探します」と答えた。

いつもと変わらない、退屈きわまりない会議は、それからも淡々と続いた。私は途中から何度となくあくびをかみ殺し、涙の滲んだ目で、『いのち礼賛』のシナリオをぱらぱらと眺め続けていた。

2

通常なら、駆け出しのプロデューサーが一人立ちをして最初に番組制作を手がけるときや、定年間近で、その上持病で悩んでいるような人間が最後のご奉公という時などに、深夜や早朝の番組を作ることがある。まだ四十代という働き盛りで、こんな番組を作っている人間は、華やかな制作局の中では、即ち完璧な落ちこぼれ、傍流の存在ということになる。だが、この七年間を、ほとんどただ飯食らい同然に、『いのち礼賛』と共に歩んできた人間こそ、この私だった。四十一で、この番組に飛ばされてきて以来、私の四十代の大半は、すべて、この番組だけに費やされてきた。

——幽霊が、「いのち」を語ってどうするっていうんだか。

日に何度か、私は同じことを思う。七年前からの私は、一度として生きている実感など得られたためしがない。何をする意欲も消え去り、毎日、ただ漂うように過ごしているだけの、そんな存在になり下がった。

東洋テレビに入局した当初の私は、報道局入りを希望していた。世界中を駆け回る特派員になりたいと、そんな夢を抱いていたのだ。だが、研修の後で配属されたのは制作局だった。そこでADから始めて、テレビ番組作りのすべてを一から学んでいくことになった。

いわゆるプライムタイムと呼ばれる、夜のゴールデンタイムに放映されるバラエティ番組作りに関わりながら、私はADとして、上司やタレントにぼろ雑巾《ぞうきん》のように扱われて最初の数年を過ごした。それでも耐え続け、ようやくディレクターになり、タレントとも親しげに口をきけるようになって徐々にランクを上げ、もう少しでチーフ・ディレクターになれるところまで行く頃には、バラエティ番組こそが、自分に与えられた最高のフィールドだと信じるようになっていた。当時の私は、それこそ次々に新しいアイデアを生み出していた。数々のお笑いタレントや、売り出し中のアイドル歌手などを使って、奇抜で賑やかで、そして話題豊富な番組を作り続けていったのだ。

視聴率トップを誇ってたような番組から、突然、五パーセントもいけば御《おん》の字といわれるような昼前の番組に移されたのは、三十歳になる少し前のことだった。これまでひたすら華々しい芸能人たちと番組を作ってきた私が、「君に期待しているんだ」などというひと言で、突然、主婦向けの退屈な時間帯に、それもAPとして移されたのだ。確かに、ディレクターよりもプロデューサーになりたいという希望は出していたが、まさか、そんな時間帯で、希望が叶《かな》うとは思っていなかった私は、当初はずいぶんふてくされもしたし、悩みもした。だが、結果的には私はその時間帯の番組に新風を巻き起こしたと言われ、その後の十二年間を途中からはプロデューサーとして、最後にはチーフ・プロデューサーとして過ごすことになった。七年前まで。七年前までの私は、非情なまでに数字だけを追いかけ、過ぎ去ったものは容赦なく切り捨て、肩で風を切って歩き続けるという、まさしくテレビ屋らしいテレビ屋だった。

今から考えると、あの頃の私は、まるで夏の日の陽光のようだった。近づく者さえ焼き尽くす程に貪欲《どんよく》で、常に熱く燃え、揺らめき、そして、自在に姿を変えていた。その陽光が、すべての熱を奪われて、今となっては漂うばかりの幽霊になったというわけだ。

意外なことに、朝倉は翌日、本当に電話を寄越した。どれほどちっぽけな番組でも、手間はかかる。夕方からロケハンに同行することになっていた私は、内心で少なからず驚きながら、少しばかりもったいをつけて、三日後の夜ならば空いていると答えた。

「分かりました、木曜日ですね。じゃあ、必ず」

朝倉は嬉しそうな声で「楽しみにしてますよ」と言って電話を切った。奴が、それほど律儀な性格だったか記憶がない。だが、この七年間というもの、まったく没交渉だったことを考えれば、単なる気まぐれにしか思えない。一体、こんな私にどういう気まぐれを起こしたのだろうかと私はいぶかった。

確かに、自社のタレントを売り込みたい芸能プロダクションの社長という立場を考えれば、東洋テレビのプロデューサーとの関係は、そのまま死活問題につながる。だが、今の私と親密になったところで、何のメリットもないことくらいは、彼自身がいちばんよく承知しているはずだ。朝倉に会うまでの三日間、私はことあるごとに朝倉との約束を思い出し、相手の腹を読もうとした。だが、結局は分からないままだった。

いずれにせよ、何を頼まれたところで、最後には「期待してたのに」とか「あんたをあてにした僕が馬鹿でした」などと言われて、多少の屈辱感を噛《か》みしめることになるのだろう。それを考えると、開き直りにも似た自虐的な快感が湧《わ》いてくる。そう、俺はもう昔の俺じゃないんだよなと、口に出して言えるチャンスを、私はずっと待っていたのかも知れないと思った。

「どういう風の吹き回しだい」

そして約束の日、私は朝倉に案内されて彼の馴染みらしい日本料理店の座敷に上げられた。乾杯の真似事をした後で、まずこちらから口を開いたのは、最初だけ持ち上げられて、後でどすんと落とされるのではかなわないと思ったからだ。落ちぶれたとはいえ、局のプロデューサーは立場的にはずっと上にいる。そんな、ほとんど実体のないといって良いプライドだけが、外部の人間に対する時の私の支えだった。

「七年、ですか。早いもんですよね」

朝倉は熱いタオルでゆっくりと手を拭き、改めてこちらを見ると、しみじみとした表情で口を開いた。私はビールのグラスを傾けながら、いつもの自嘲的な笑みを浮かべて「早いかい」と答えた。私にとってのこの七年間は、決して早いものではなかったからだ。それを察したかのように、朝倉は「そう思いましょうよ」と続ける。

「でも、あれかな。津久井さんたちみたいなサラリーマンには、浮き沈みっていうのは、結構ショックなものなのかな。僕らなんか、最初から浮き草稼業だから、長い間には色んなことがあるって、身体で覚えちゃってますがね」

「そりゃあ、一度沈んだって、また浮かぶと思うからじゃないか。サラリーマンはさ、いったん窓際に追いやられたら、おいそれと陽の当たる場所には戻れやしないんだ」

時折、控えめに襖《ふすま》が開けられて、和服の女将《おかみ》らしい女性が少しずつ料理を運んでくる。その都度、朝倉は二、三の雑談を交わし、私の知らない人間の名前などを出して、「よろしく伝えてよ」などと言った。女将は控えめにほんのりと微笑んで、余計なことは何も言わずに下がっていった。

「二十年来の、馴染みなんです」

「へえ、そう」

「昔は、僕のファンだったとかでね」

「ああ、そう」

後は、実に静かな空間だけになった。私は、ぽつぽつと箸《はし》を運びながら、朝倉に問われるままに最近の仕事の話をした。退屈極まりない、面白くもない仕事のことを「まあ、疲れなくて楽だよ」などと言う惨めさが、この男に分かるだろうか。宮仕えの苦悩は、こういう男には分からないだろうと考えていると、朝倉が「もったいないよなあ」と呟いた。

「津久井さんが、そんな妙ちくりんな番組しか作ってないなんて」

私はまた口の端で笑った。

「いいんですか、そんなので」

「しょうがないさ」

言いたい愚痴は山ほどある。だが、言えば言うほど、自分が惨めになるだけだということも、今は十分に経験していた。だから、何か言う代わりに、深々とため息を洩《も》らしたとき、朝倉が急に姿勢を変えた。くつろいでいた膝《ひざ》をただし、座布団から外れて、突然、畳に手をついたのだ。

「長いこと、言いたかった。僕は、津久井さんに感謝してますっ。本当に、有り難いと思ってる、恩義を感じてますっ」

ほんの少し、酔いが回り始めた頃だった。こういう男が頭を下げると、妙に芝居じみて見えるものだと、私は驚くより先に、そんなことを考えていた。

「世の中から、すっかり忘れられてた僕が、また浮かび上がれたのは、津久井さんのお陰なんです。それを、僕は忘れたわけじゃない。あの時のことがなかったら、僕は今だって事務所なんか作っていられなかった」

「何だよ、いきなり」

誰よりも誇り高かった青春スターが、畳に両手をついて、どうしてそんなに深々と頭を下げて寄越すのか、実は、私にはまるで理解できなかった。彼の言っている言葉の意味が分からなかったのだ。

「俺はあんたから頭を下げられるようなこと、何一つとして、してないって。むしろ、迷惑をかけたのは俺だろう？」

「違うっ、違う！　あんた、覚えてないんですか」

畳に手をついたまま、朝倉はようやく顔を上げた。頭に血が上ったせいか、または他に理由があるからか、真っ赤になった顔で、彼は懸命な表情でこちらを見つめてくる。もともと鼻筋の通った二枚目なだけに、その顔は、さすがにある種の迫力があった。私は、一瞬怯《ひる》みそうになりながら首を傾《かし》げて見せた。

「――あの番組が、『ハッピー・ブランチ』が、始まる時のことですよ」

どうしても口にしたくなかった番組のタイトルを、朝倉は、まるで慈《いつく》しむように発音した。『ハッピー・ブランチ』。それが、七年前まで私が作り続けていた番組だ。

「あの頃、津久井さんはまだAPだったんですよね。プライムタイムから回されてきたっていうんで、最初のうちはえらく不機嫌だった」

そんなことまで、この男はよく覚えているものだ。私は「そうだったかな」とごまかし、今更、そんな話をしてどうするつもりなのだと思っていた。

「だけど、『ハッピー・ブランチ』の最初の企画の段階で、あんたが僕をレギュラーに推《お》してくれたって、後から聞きました。いかにも主婦と気軽に話なんかしそうにない、ああいう男がいいんじゃないかって、そう言ってくれたんでしょう？」

そんなことを言っただろうか。そう言われればそんな気もするが、はっきりとした記憶はなかった。何しろ、二十年近くも前の話だ。とにかく抑揚も刺激もない、ただの時間つぶしのような番組にだけはしたくない一心で、ありとあらゆるアイデアを出した記憶はある。

「あの番組のお陰で、僕は生まれ変わったんだ。正直な話、あの前の一、二年は仕事だってほとんどなかったし、もう駄目かと思ってたんです。弱気になって、ヤケだって起こしそうになって。だから、声をかけてもらった時は、飛び上がるほど嬉しかった。だけど、僕はずっと玉木さんが僕を選んだんだって聞いてたんです」

「玉木さん、か。まあ、最終的にOKを出したのは、あの人なんだから、そりゃあ間違いじゃないさ」

当時のチーフ・プロデューサーの名前を久しぶりに聞いて、私も思わず懐古趣味に浸りそうになった。保守的で、ノーと言うことばかり多い人だったが、とにかく人脈が豊富で情報通の、太っ腹の人だった。私は彼を尊敬していたが、人一倍たてつきもした。

「実は、先月、玉木さんと会ったんです。あの人も懐かしそうに昔の話を色々としてくれて、それで初めて、あんたの話を聞いたんです」

朝倉は、ようやく顔を上げ、再び座布団の上にあぐらをかいて、私が差し出したビールをグラスに受けた。

「こう見えても、僕は義理人情で生きてきたつもりなんです。あんたが僕の恩人だって分かってたら、僕だってもう少し何か――」

「よしてくれよ。浩さんに助けてもらえるなんて、思ってやしないさ」

気持ちだけは有り難いとは思う。だが所詮《しょせん》は部外者の、それも落ち目の役者をあてにしたところで、何がどう変わるはずもないではないか。

「だけど、有山《ありやま》さんの番組、数字、いってないっていうじゃないですか」

朝倉は、今度はふいに表情を硬くし、声の調子まで変えて身を乗り出してきた。私は思わず顔をしかめて視線を逸《そ》らした。その名前だけは聞きたくないのだ。何でも切り捨て、忘れてきた私でも、その名前だけは一生、忘れることはないだろうと思っている。

「少し前も、やらせが発覚しそうになって、ディレクターが一人やめさせられたそうです。少女売春の特集か何かでね」

朝倉はますます身を乗り出してきた。

「他にも、ずいぶん色んな噂、聞いてますよ。うちの事務所の女の子が一人、アシスタントで入ってるもんでね」

そんなこと、もうどうでも良いではないか、俺には関係ないと言いそうになりながら、それでも私の耳は、彼の言葉の一言一句も聞き漏らすまいとしていた。

3

「この前、編成の金子さんと少し話したんですがね、今のままじゃあ、まだ古いドラマの再放送でもした方が、数字が取れるんじゃないかって言ってました。『昔が懐かしい』って」

朝倉は、手にしたグラスをじっと見つめながら、呟くように話し続けた。

「今のままじゃあ、どうしようもなくなるっていうんで、何か新しい目玉を探してるみたいですよ」

だからといって、私に何が出来るはずもなかった。確かに昼前の時間帯は難しい。視聴率にしても、四、五パーセントも取れれば万々歳という時間帯なのだ。だが、『ハッピー・ブランチ』は、常に六パーセント台をキープしている番組だった。

「津久井さん」

朝倉は真正面から私を見つめた。

「有山さんのこと、何とかしたいとは思わないんですか」

「――思わないさ」

「あんたを、今の場所に追いやった奴ですよ。あんたをはめたわけじゃないですか」

「——俺が、馬鹿だったたっていうだけだ」

私は、いよいよ苦々しい気分になった。思わないわけがないではないか。一時は、本気で殺してやろうかと思うほど憎んだ相手、それが有山だった。だが、七年も会わずにいた、さほど気心が知れているとも思えない相手に、本心など明かせるはずがない。第一、あの時から私は、周囲の一切を信じなくなっていた。近しければ近しい程、寝首を掻《か》かれる危険性も高くなると考えるようになった。

「因果は巡るっていうこと、教えてやりたくはないんですか。僕は、津久井さんが今のまんまで終わるなんて、思いたくないな。あんたには、もっともっと、色んなアイデアと、力があるはずだ」

「買いかぶりだ。昔の話だって」

私は頑《かたく》なな姿勢を崩すまいとしていた。うまい話になど乗るものか。幽霊が人間に蘇《よみがえ》ることなど出来るものかと、幾度となく自分に言い聞かせた。

「僕は、そうは思わない」

だが、かつての青春スターは、昔と変わらない若々しい口調で、いかにも悔しそうに言った。そして、自分自身ももう一度、ブラウン管に返り咲きたいのだと続けた。

「確かに事務所の方は、それなりにうまくいってはいます。だけど、僕はやっぱりカメラの前に立ちたいんだ。芝居じゃなくていい、どんな形でもいいから、もう一度、朝倉浩之は健在だっていうところ、見せたいんですよ」

一度でもカメラの前に立ったことのある人間は、常にそう思うものらしいということは私も知っている。人前で話す、演技をする魅力というものは、まるで麻薬のようなものらしい。それにとり憑《つ》かれた者は、最後まで、そうし続けずにいられないらしいのだ。

「ねえ、考えてくれませんか」

「何を」

「もう一度、僕を使ってもらえないですか」

「宗教番組のレポーターでもやろうっていうのかい」

冗談のつもりで言ったのだが、朝倉は真剣に苛立《いらだ》った表情で「まさか」と言い、有山を追い落とす為の番組を作らないかと続けた。

「忘れてやしないでしょう？　僕にだって、有山さんには恨みがある。せっかく、いい線いってたものを、あんな形で引きずり下ろされたんだから」

有山というのは、私が『ハッピー・ブランチ』のチーフ・プロデューサーだった頃、私のすぐ下にいたプロデューサーだった。年齢は私より二歳下だったが、人当たりの柔らかい、気配りの出来るタイプで、いかにも主婦向けの番組を作るにふさわしい雰囲気の持ち主でもある。だが、そんな外見に安心しきって何でも任せていた結果、私は有山に隙を見せることになった。

噂は、ある日突然、流れ始めた。私がスポンサーからの制作費をピンハネしている、また、関係プロダクションからバックマージンを取り、付け届けを強要するなどというものだ。確かに、仕事を取りたい、タレントを売り込みたいというプロダクションからバックマージンを受け取ることなどは、半ば慣例化していたが、それは不文律のようなもので、表面化してはまずい問題だった。それに、制作費をピンハネしているなどということは、断じてなかった。私は必死で噂のもみ消しに奔走したが、有山はその一方で、レギュラーで出演していた朝倉浩之と共に、私がタレント志望の娘に売春行為を強要しているという噂までを用意していた。

テレビ界は何よりも噂を気にする。たとえ根も葉もない噂であっても敏感に反応し、表面を取り繕おうとするものだ。東洋テレビの上層部の動きは機敏だった。噂の一端に芸能人の名前が絡んでいては、週刊誌などのネタになりかねないことを危惧《きぐ》して、まず早々に朝倉浩之を番組から降ろした。それと同時に、私は「スポンサーの意向」で、番組から外れることになった。制作局から出されなかったのは、何もお情けというわけではない。それなりに名前の知れたプロデューサーが、ある日突然、まったく関係のない部署に飛ばされれば、それだけで噂になることを警戒しての策だ。そして、私の後がまに座ったのは、当然のことながら有山だったというわけだ。

「ねえ、考えて下さいよ、津久井さん」

「考えたくても、無理だって。第一、あの一件以来、俺がプロデュースするっていったらスポンサーが付かないんだ。大方、広告代理店の連中が、触れ回って歩いたんだろうがな」

朝倉は、いかにも痛ましそうな表情でこちらを見ていたが、私が言い終えた途端に、にやりと笑った。それからいかにも芝居じみた仕草で、ちらりと座敷の出入り口の方をうかがい、気配を探る真似をした後で、「実はね」と身を乗り出してくる。

「いいスポンサーが、見つかったんです」

役者崩れの弱小プロダクション経営者に、うまい話を聞かされて、それを鵜呑《うの》みにするほど、私はお人好しではない。だが、朝倉の精悍《せいかん》な表情を、ふと、信じても良いのではないかという気にもなった。どう転んでも、これ以上、悪いことなど起こるはずもないのだ。話を聞くくらいならば、痛くもかゆくもない。

「聞くだけ、聞いてもらえませんか」

「聞くだけなら、聞くけどね」

「いいです、それで。絶対に悪い話じゃないんだから」

ちょうどその時、襖の向こうから「失礼します」という声が聞こえた。朝倉は、素早く姿勢を戻して、顔を出した女将に笑顔を向ける。二十年来の馴染みと言いながら、なかなか警戒心の強い男らしい。いや、以前はそんなことはなかった。むしろ何も考えていないような、無防備なところのある役者だった。この男も、七年の間に色々な思いをしてきたのだろうと私は思った。

女将が下がった後で、朝倉は「実はね」と再び口を開いた。

「この話は、最初は別の局で進める予定だったらしいんです。ですが、玉木さんと会って、あんたの話を聞かされて、僕、閃《ひらめ》いたんだ。あんたと、この話を進めたいってね」

「持って回ったような言い方、しないでくれよ。何なんだよ、そのスポンサーって？」

微《かす》かに苛立ちながら言うと、朝倉は、思い切ったように私の知らない企業の名前を出した。いや、企業というのでもない。「全日本通信教育促進連合会」という、何とも勿体《もったい》ぶった団体名を聞いて、私は思わず眉をひそめた。三分程度の、番組と番組の狭間《はざま》に入れる小さな番組でも作ろうというのだろうか。

「ほら、新聞や雑誌で、通信教育の講座がたくさん宣伝されてるのは、津久井さんだってご存じでしょう」

確かに、新聞の全面広告などを使った宣伝は、何度となく見たことがある。それらの通信教育を行っている企業が資金を出し合って出来たのが、その連合会なのだという。その連合会が、今度は、通信販売を始めようとしているのだと、朝倉は言った。

「通信販売？」

「今や、通販はテレビに欠かせないものでしょう」

「それは分かってるけど、今更、新規参入しようっていうんなら、スポットでCMを流しゃあ、いいじゃないか」

「それが、違うんですって。聞いて下さいよ」

朝倉は、連合会は自分たちの本業である通信教育と、通信販売とを絡めた番組を作ることはできないかと考えているらしいのだと言った。

「夜中に、アメリカの通販番組をそのまま流してる番組があるじゃないですか。扱う商品は一つだけで、それをしつこいくらいに延々と紹介し続ける。あんな感じで、日本の商品でも出来るんじゃないかっていうんです」

「そんなに説明することなんか、ないだろう。午前中の番組の中で紹介するときだって、長くて五分程度だぞ」

「だから、そこを何とか、通信販売と通信教育とを絡めた形で、面白い番組にならないかっていうんですよ」

最初は、絶対に心を揺らすまいとしていたのに、いつしか私の頭の中では、とうに錆《さ》び付いて埃《ほこり》を被っていた何かが、ぎし、ぎし、と回転しつつあった。通信販売と通信教育。ドラマ仕立てもあり得る。ダイヤル数が、そのまま番組の反響になりうる。

「だが、俺のことは――」

「実は、その連合会の理事になってる人間がね、以前、僕のファンクラブにいた女性なんです。それで、テレビで宣伝を流したいっていう案が出たときに、僕のことを思い出してくれて連絡をくれたんですが、彼女は僕の話をよく理解してくれましたよ。『ハッピー・ブランチ』から急に降りた理由も、これで分かったって言ってね」

このところ、いくら酒を飲んでも身体は冷えていく一方だった私が、耳の底で血の流れる音を聞いていた。全身が、次第に熱くなってくる。いかん、希望なんか持つな、やる気なんか起こすなと思うのに、胸の奥がざわざわとし始めた。

「もちろん、予算だって限られてるし、初めての試みですから、最初からいい時間帯に割り込めるとは、スポンサーだって思ってませんよ。だけど、さっき聞いた『いのち礼賛』ですか、あれよりは、絶対に作り甲斐《がい》があると、思いませんか」

作り甲斐、思いつき、アイデア――以前の私は起きている間中、そんなことを考えていた。何か面白い企画はないか、当たる企画はないかと、そればかり考えていた。

――通信販売。既に、ある程度のパターンが出来上がっている。

そこに、どう食い込むかが問題だ。とにかく、目玉がある。通信教育と絡める。絡める――。頭の中が目まぐるしく動き始める。もう少しで、朝倉の言葉さえ聞こえなくなるところだった。朝倉は、私の表情が変わったのを読み取ったのだろう、「どうです」とこちらの顔をのぞき込んできた。

「――やりようによっちゃあ、面白いかもな」

「そこでね、一つだけ、条件があるんです」

「あんたを使えっていうことだろう?」

「さすが、津久井さんだ」

朝倉は、いかにも嬉しそうににっこりと笑った。かつては多くの十代の娘たちを夢中にさせ、十年程前には、奥様層に受けた笑顔。

——だが、今度は笑ってばかりいてもらっても、困るんだよな。

とにかく、スポンサーと会うことだ。そして、企画を立てる。最小限の人数で、出来るだけ低いコストで。

「動いて、くれるんですよね」

私は、取りあえず曖昧《あいまい》に首を傾げて見せた。内心では十分にやる気になっている。駄目で元々だ。そういつまでも過去にこだわらないのが、この世界の悪い点でもあり、良い点でもある。私に任せたいというスポンサーさえ現れれば、何としてでも企画をねじ込めるはずだった。

「もう少し、当たりをつけてみないとな」

本当なら、すぐにでも飛び付きたい話だった。だが、一度陽の当たらない場所に外された人間が、あの組織の中で再び蘇ることなど出来るものかどうか、また、本当に朝倉の言葉を信じて良いのか、私の中には、まだ不安が渦巻いていた。漂うことに慣れた人間が、もう一度地に足をつけて歩めるかどうかも分からない。

「僕の方に出来ることがあったら、言ってください。何でもやりますから。だから、やりませんか、津久井さん！」

こちらの思惑とは別に、朝倉は気合い十分の、張り切った表情で私を見据えている。

「浩さんにやって欲しいことか――ああ、一つだけ、ある」

私は、朝倉をひたと見据えた。

「裏切るなよ」

朝倉は、飛びきりの笑顔で、勿論と言うように頷いた。

4

翌日から、私は『いのち礼賛』の収録の合間を縫っては、密かに、だが忙しく動き始めた。かつては朝倉のファンクラブにいたという「全日本通信教育促進連合会」の理事に会って相手の意図を確かめ、連合会と古いつき合いのある広告代理店からも担当者を出してもらい、さらに以前、少しばかり貸しのある制作プロダクションにも声をかけて、徐々に企画会議らしい体裁を整えていった。すべての集まりには朝倉も同席した。会を重ねる毎に、私の中のイメージは大きく膨らみ、映像さえ目に浮かぶようになっていった。

「この頃、何かやってらっしゃるんですか」

一ヵ月ほど過ぎた頃だった。『いのち礼賛』のVTRを編集している最中に、大木知子が私に聞いてきた。私は、じろりと若いディレクターを横目で見た。

「何で」

「何でって――何となく、お忙しそうだなと思って。携帯に、よく電話が入るみたいだし」

私は「そうかな」ととぼけることにした。彼女が、この番組作りだけでは飽き足らない気持ちでいることは、以前から気づいている。下手な男よりも、彼女は有能で、また野心家だった。こういう若い才能を、今度の番組に生かすことが出来たらと、私はそれまでにも何度となく考えてはいた。だが、噂はどこから立ち上り、どう巡るか分からない。今度の仕事には、文字通り起死回生を賭けている。私は、特に社内に於《お》いては、すべてを可能な限り極秘裏に進めるつもりだった。

「私、知らなかったんですけど、津久井さん、『ハッピー・ブランチ』をプロデュースなさってたんだそうですね」

知子は、こちらの顔色を窺うような表情でまた話しかけてくる。そんなことも知らなかったのかという思いと、今更、という気持ちで、私は返事の代わりに小さく鼻を鳴らしただけだった。

「私、あれ見てました。高校の頃とかは、休みの度に母と見てましたし、大学に行ってた頃も、暇でしたから、結構、マメに」

「ああ、そう」

「世間からズレそうになる専業主婦の為のコーナーって、面白かったですよね。『奥様の〇〇度チェック』とか、『一日体験コーナー』とか」

「そうかい」

「その中で、世間の色んな職業を紹介するコーナーって、ありましたよね」

そういえば、そんなコーナーを設けていたこともあった。視聴者からの投書がきっかけだったが、果たして世の中にどれほどの職業があるものかを短くコンパクトに紹介する「お仕事探訪」というコーナーを作ったのだ。

「あれで、テレビ局のディレクターを扱ったことがあって、私、それを見た時に、テレビマンになりたいって、思ったんですよね」

「へえ、そう」

「それまでは、何となくマスコミ関係に行きたいなっていう程度だったんですが、別に雑誌社でも何でも良くて、だけど、あれを見ていて、何となく、『これだ！』なんて思っちゃったんです」

知子は少し照れたような表情で、そんなことを言った。

「君も、案外単純なんだな」

内心では少しばかり嬉しい気がしたが、私は皮肉っぽく、そう答えておいた。過去の話はしたくない、下手な接点は持ちたくない。私の素っ気ない答えを聞いて、知子は落胆した表情になり、それきり口を噤《つぐ》んだ。察しの良い、頭の回転の速い娘だ。だが、こういう若いディレクターは、伸びるときには思い切り伸びて、そして、「出る杭《くい》は打たれる」のたとえ通り、どこかでぴしゃりとやられるのだろう。かつて、私自身がそういう目に遭い、また、自分が伸び盛りだった頃には、そうしてきたように。

翌月の企画会議で私の企画は通り、週に一度、深夜一時からの三十分という枠を取ることに成功した。その代わり、いつ放映が始まるかはまだ未定という、何とも心許《こころもと》ない話だ。

「せっせと撮りためておこう。何しろ、あの時間帯は流動的だからな」

私は朝倉と祝杯を上げながら、互いのスケジュールを調整し、さっそく放送作家とディレクターを交えての本格的な打ち合わせに入った。番組は、ほとんどが朝倉浩之の一人芝居で、そこに、謎の女性が商品を紹介する役として登場する。朝倉の事務所に所属している、若い女優だ。

第一回目の商品は、「初級者用・書道セット」だ。墨や硯《すずり》、筆、などに加えて、基本習字の手本帳、さらに、半紙の下に入れてなぞれば良いという手本、あらかじめ薄い色で「般若心経」が刷り込まれており、上からなぞれば良いだけの写経用紙などがセットされているという品だ。会社の経営に行き詰まり、自殺を考えている中小企業の社長という設定で、朝倉浩之は、遺書を書こうとしてはたと悩むという役どころだった。

「せめて遺書くらい、綺麗《きれい》に書きたいもんだ」

やつれ果てたメイクをした朝倉は、腕組みをしてため息をつく。そこに謎の女性が場違いな服装で現れて、「それなら、これをお使いなさい」と書道セットを紹介する。単に商品を売るだけでなく、この番組の目玉にもなる部分は、そこに、通信添削の講座が組み込まれているということだった。このセットを購入した人は、もれなく日本現代書道アカデミーの添削チケットを二十枚もらえる。基本から始めて、添削を受けながら徐々に文字が上達していくという仕組みになっている。二十枚の使用期限は二年間。使い切った段階で、次のステップも用意されている。朝倉演じる社長は、夢中になって墨を擦《す》り、半紙に向かううち、やがて「般若心経」も下書きの入っていない用紙に書けるところまで上達していく。気が付くと心は平安になり、自殺する気もなくなっているという筋立てだった。

「死にたいなんて考えてる人は、まず遺書のこと、考えましょうよ。最後くらい、綺麗に書きたいじゃないですか、ねえ」

そのひと言の後で、改めてセット内容と通信添削の特典、料金や支払い方法が紹介されるという具合だ。

同様に二回目は囲碁、三回目は写真、四回目はパソコンと、私たちは次々に番組を収録していった。教育内容は、テキストや添削は勿論、商品によっては説明ビデオや電話での相談もついていて、電話一本で申し込みさえすれば、何とか格好がつくまですべて自宅で一人で習得出来るようになっている。

パソコンまで収録した頃に、たまたま、二ヵ月前に若いプロデューサーが手がけた同じ時間帯の番組が、予想以上に評判が悪く、企画も空中分解して、早々に打ち切りになることが決定した。私たちの『朝倉浩之のエキセントリック・ミッドナイトショップ』は、そうして前宣伝も何もなく、ある晩、ひっそりと始まった。

反応はあった。番組が終わる前から、購入希望の電話が殺到し始めたのだ。その晩に限っては、まるで初めて番組をプロデュースしたときのように緊張し、朝倉と共に「全日本通信教育促進連合会」の事務局に詰めていた私は、その手応えに全身が総毛立つのを感じた。

「やりましたね、津久井さん！」

朝倉がこの上もなく嬉しそうに私の肩を叩く。連合会サイドからも「さすがテレビですね」という喜びの声が上がった。

「まだまだ、勝負は今、始まったばかりだ」

私は自分自身に言い聞かせるように呟いた。それでも、嬉しさは隠しきれなかった。その晩、実に久しぶりに、私は声を出して笑ったような気がした。

深夜の時間帯では、視聴率は一パーセント、二パーセント台を競う。初回の視聴率こそ、一・三パーセントと並程度だったが、二回目には、その視聴率は一・八パーセントにまで跳ね上がった。スポンサーも大喜びで、下手に新聞の全面広告などを使うよりも、ずっと大きな手応えがあることに驚いている様子だった。

「今の人間は、手間を嫌いますからね。電話一本で、道具から講座まで、居ながらにして手許に届くんですから、そっちを選びますよ」

私は、自信たっぷりに答えた。

やがて、つい昨日まで、私を透明人間のように無視し続けていた連中が、いかにも親しげに「よう」と声をかけてくるようになった。何の悪びれた様子も見せず、本当に長い間会わなかっただけのように、彼らは人なつこい笑みさえ浮かべて、「調子、いいじゃないよ、あれ」などと話しかけてくる。

「ひどいですよ、津久井さん。どうして、あんな企画を進めていらっしゃること、教えて下さらなかったんです」

ある日、『いのち礼賛』のスタッフ会議の後で、大木知子が不満そうに話しかけてきた。私は前にも増して気のない声で「何が」と答えた。だが、日頃は半ば怯えたように私の顔色を窺っていることの多い知子が、その日ばかりは、どこか思い詰めた表情で、正面から私の顔をのぞき込んできた。

「そんなポーズを取ること、ないじゃないですか」

知子は小皺《こじわ》さえない若々しい顔を曇らせ、深々とため息をついた。

「私だって、手伝わせていただきたかったのに」

「ああ、そう」

「何か、始めようとしていらっしゃることは、気が付いてました。でも、その時には、話くらいは聞かせていただけると思ってたんです、私」

「ああ、それは悪かったね」

「津久井さん」

煙草をくわえながら、横目で彼女を見ると、知子は唇を噛みしめ、膝の上に置いた手を握りしめていた。

「そんなに私のこと、信用できませんか」

「――――」

「私は、信じるに足る人間じゃないと、お思いですか」

私は、返事をしなかった。肯定も否定も出来なかった。何故なら、そこまで真剣に相手を見たことがなかったからだ。それは何も、知子に限ったことではない。七年前からずっと、そうなっていた。その結果、妻は他の男のもとへ走ったし、三人の子どもも妻を選び、または一人で暮らしたいと言って、私から離れていった。

「津久井さん、私――」

「悪いが、忙しいんだ。またな」

「待って下さい！　信じてもらえるように、証拠、見せますから！」

さっさと歩き始めた私の背に、知子の悲鳴のような声が覆い被さってきた。私はゆっくり振り返ると、改めて知子を見た。思い詰めた表情の彼女は、改めて見てみると黒目がちの瞳を持った、なかなか知性的で魅力的な女だった。

「証拠、見せます」

彼女は、小走りで私に近づくと、改めて呟いた。

5

新番組は、若者向けの雑誌や一般の新聞に、「新しい試み」「意外な反応にスタッフ大喜び」などという見出しで、ぽつり、ぽつりと紹介されるようになっていた。番組そのものの反応も上々で、扱う商品によって、注文数に多少のばらつきこそあるものの、それでも朝倉の演技の面白さが人気を呼んで、注文が思ったほど伸びない時でも、視聴率が下がるということはなかった。

私は、昔の自信を取り戻しつつあった。こうなったら、行けるところまで行ってやるという気になっていた。いよいよ、有山を射程距離内に捉えたのだ。さて、どういう形で奴に吠《ほ》え面《づら》をかかせてやろうかと、それが気になり始めてもいた。

パソコンに続いて、ウクレレ、盆栽、手編み、建築パース、さらにインテリア・コーディネーターの講座や、旅行業務取扱主任者、医療事務といった、通常の通信販売番組では考えにくいものまでも、基本的な道具類と講座とをセットして、私は番組を作り続けた。スポンサーと密着した番組なだけに、三日に一度は「全日本通信教育促進連合会」を訪ね、広告代理店とも、朝倉とも綿密な打ち合わせをして、私はかつてないほど慎重に、丁寧に番組を作り続けた。

番組が始まって、そろそろ三ヵ月が過ぎようという頃、編成の方では、深夜の時間帯から、午前中か、またはプライムタイムに、この番組を組み込めないものかという案が出されているという噂が流れ始めた。だが、そのときは有山の方が自分の番組に新しい企画、それも通販コーナーを設けて対抗してきた。私たちの番組のエッセンスだけ横取りした形で、情報番組のコーナーとしては、たった一つの商品を紹介するのには異例の十分という時間を割いていたが、いかんせん朝倉の代わりに演技をするのが、顔も名前も知られていない三流の舞台役者の男女ときており、芝居は下手でワンパターン、しかも妙なかけあい漫才はかえって商品を分かりにくくするばかりで、反応は芳《かんば》しくなかった。

「しぶといですねえ」

「あいつらしいじゃないか。オリジナリティがないんだから、こんな形でぱくるより仕方がないんだろう」

私と朝倉とは、そんな会話を交わした。そして、大正琴、パステル画、カラオケに至るまで、次々に講座と商品とを紹介し続けた。

「津久井ちゃん、津久井ちゃん、いよいよみたいだよ」

ほとんど親しく言葉を交わした記憶もない同僚から廊下で話しかけられたのは、番組が始まって半年近くたった頃だったと思う。その頃には、人気の商品は繰り返して扱うようにもなり、その代わり、朝倉の役柄を変えたり、シナリオを変えたりして、私たちの番組はすっかり波に乗っていた。

「編成の方でさ、有山ちゃん、そろそろ見切りつけようって。スポンサーからも突き上げくらってるらしいんだよね」

同僚は、重要な秘密を打ち明けるように、私の肩に手を回して囁《ささや》いた。私は、可能な限りいつものポーカーフェイスで「へえ」と答えた。だが、その同僚はにやりと笑って「またまた」と言う。

「待ってたくせに。いよいよ自分の出番だと思ってるんじゃないの？」

「そんなこと、あるわけないじゃないか」

「なぁに、言っちゃってんのよ。上の方がさ、やっぱりあんたを外したのは間違いだったって、遅ればせながら気が付き始めてるっていうじゃない。それにさ、有山ちゃん、近頃いい噂聞かないわけよ、ね。あんたの禊《みそ》ぎも済んだし、そろそろ帰ってきてもらおうかって、そんなところらしいよ」

私は「へえ、そう」と、答え、それから、はたと立ち止まった。

「そう言えば――」

顎《あご》に手をやって小さく呟く。すると、同僚は私の肩に手を回したままで「なに、なに」とさらに顔を近づけてきた。私は、ちらりと彼の顔を見て、それから「いや」と言った。

「やっぱり、やめておこう」

「何だよ、水くさいじゃない。何よ、ねえ」

水くさいも何もあったものではない。最初から、それほどの付き合いがあった相手ではないのだ。第一、私が『ハッピー・ブランチ』から降ろされた頃は、彼は有山に貼り付いて、あれこれと囁き合っていたことを私は忘れてはいなかった。私は、再び歩き出した。

「ちょっとぉ、教えてくんない？　ねえ、津久井ちゃん」

「何でもないよ。俺も、噂には苦労させられたからさ、滅多なことは言えないからね」

「そう言わないでさあ、ね、ね、ね」

私は小さくため息をつき、自分はあの一件以来、有山とはほとんど顔も合わせたことがないのだがと前置きをした上で、「あいつ、最近金に困ってないかな」と呟いた。

「金に？　何で」

「いや――俺は人から聞いただけだから、本当のところは分からないけどね、最近の有山が、妙に情緒不安定で、急にキレる時があるっていうからさ」

「それと、金と――ちょっと、マジかよ」

他の社会の人間が聞いたら、とても四十代の男の会話には聞こえないかも知れない。だが、同僚は目を大きく見開いて、「それ、ヤバいんじゃないの」と言った。

「ヤバいかどうか、俺は知らないって。ただ、この前新宿でさ、奴を見かけたっていうのがいてさ」

「新宿の、どこよ」

「よくは、知らないよ。明け方くらいに、二丁目界隈をふらついてたって」

それだけ言い残して、私は同僚から離れた。本当は振り返って、彼がどんな顔をしているか見たかったが、我慢した。

数日後、制作部内で密かな噂が囁かれ始めた。かつて私を追い落とした有山が、私に復讐されるのではないかという疑心暗鬼に陥ってノイローゼ気味になっている、これまで好い加減に扱ってきた関係者の間を必死で回ったかと思えば、急にハイになって調整室で暴れそうになることもあり、もしかすると覚醒剤に手を出している可能性もあるというものだ。

「ちょっと、覚醒剤はヤバいんじゃないの?」

「それだけ、スネに傷があるっていうことだよな」

「怖いねえ、因果応報って奴だよ」

私の周囲には、囁きが溢れた。その中心にいるのが、例の同僚であることを私は見逃さなかった。そして間もなく、私は上司に呼ばれた。周囲の連中が口々に「いよいよだな」「おめでとう」などと言い、笑顔で私を送り出す。私は、ゆっくりと席を立った。

「どうだい、そろそろ古巣に戻らないか」

七年前、今と同様の薄笑いを浮かべて、「少し、休んだらどうだい」と言った男が、まるで同じ薄笑いで、逆のことを言う。

「有山くんがね、しばらく休みたいと言い出してるんだ。いろいろ心労が重なったんじゃないのかね」

私は深々と丁寧に頭を下げた。そして、姿勢を戻したときには、胸のポケットからお世辞にも達筆とはいえない、通信教育でも受けた方が良さそうな文字で「辞表」と書かれた封筒を取り出していた。上司は信じられないといった顔で、私と辞表とを見比べた。

「こんな——君——だって君、やっとチャンスが巡ってきたところじゃないのか」

「はい。お陰様で、やっとチャンスが巡ってきました。これで私も、ようやく、踏ん切りがつきましたので」

小柄で赤ら顔の上司は、呆気《あっけ》に取られた表情のままで「踏ん切りって」と言ったきり、絶句している。

「スポンサーから依頼がありましてね、独立して、独自に通販番組を作るつもりです。他の局からも引きがあるものですから、ご希望があるなら、東洋テレビに納めさせていただいても、いいんですが」

ちょうどその時、背後の扉がノックされた。大木知子がひょっこり顔を出して、おずおずと入ってくる。そして彼女は私の横に並ぶと、自分もすっと辞表を出した。これには私も驚いた。何のつもりだと思って見ている間に、彼女は「一身上の都合により」と口に出した。

「津久井さんの会社で、使っていただこうと思います」

上司は、何が何だか分からないといった表情で、私と知子とを見比べている。彼女は胸を張り、大きく息を吸い込むと、くるりとこちらを向いた。

「これが、私の証明の仕方です」

何となく、運が向いてきたような気がする。私は微かに眉を上下させて、彼女に応えた。

テレビ局には幽霊がいる。どうせ消えるなら、自分の意志で消えたいと願いながら、成《じょう》仏《ぶつ》する気力さえ持てずに、ふらふらと漂っている人間がそこここにいる。

解説

香山二三郎（コラムニスト）

アメリカで起きた同時多発テロからアフガニスタン攻撃へと至る一連の事件では、様々な事実が明るみに出た。タリバン政権による女性への弾圧もそのひとつだろう。

もともとイスラム圏では女性はヒジャーブという黒いベールを着用しなければならない等、生活面では慎み深さを要求される習わしだが、タリバンは社会進出はもとより様々な権利を極端に制限したのであった。むろんそうした男性優位主義が欧米の反イスラム感情を煽っていることは想像に難くない。

もっとも、そういわれても日本にはピンとこない人が多いかも。何しろ、今や日本は女の天下、コギャル（死語？）から超熟女まで、男たちを尻に敷き放題……などというと、トンデモありませんっ！　ときつ〜いお叱りを受けるか。確かにひと昔前に比べれば、様々な法制度が整えられたりはしているけれど、世間ではまだまだ男性優位主義は根強く息づいているのである。

さて——乃南アサといえば、まず音道貴子《おとみちたかこ》。彼女が猟奇殺人事件の謎に挑む直木賞受賞作『凍える牙』（新潮文庫）は優れた警察ミステリーであると同時に、人間ドラマとしても読み応え充分であることはすでにご承知の通り。中でもとりわけ共感を呼んだのは、警察という旧弊で排他的な男社会で奮闘する彼女の姿だったに違いない。なるほど、彼女とマッチョの典型ともいうべき中年オヤジ滝沢刑事の対立劇を始め（後にお互いを認め合う仲にはなるが）、彼女の一連のシリーズは現代日本を代表するキャリアウーマン小説としても特筆に値するのである。

デビュー長篇『幸福な朝食』（新潮文庫）以来、乃南作品は長篇や短篇集を合わせ、すでに四〇数作を数えるが、何を隠そう、その多くを女性小説が占めている。それと両輪をなすのが『鍵』（講談社文庫）を始めとする家族小説系で、乃南小説が二〇代、三〇代を始め、幅広い女性読者の支持を得ているのもそうした作風ゆえというべきだろう。

本書『不発弾』は一九九八年一一月、講談社から刊行された。初刊本の帯には「新しい都市伝説を描く傑作作品集」と銘打たれていたが、その実〝乃南巷談〟ともいうべき現代の世間噺を収めた作品集に仕上がっており、その中軸をなすのは、やはり女性小説であり、家族小説なのである。

作品を収録順にみていくと、まず「かくし味」はどこか都会の郊外だろうか、「駅から少し離れた横町」ふうの通りにある小料理屋のお話。主人公の糸田は離婚後、近所に引っ越してきて、「みの吉」という見るからにさびれたこの店に惹かれるが、行列お断り、馴染《なじ》み客だけを相手にするということで、なかなか入ることが許されなかった。だが、ある夕方、何故かあっさり暖簾をくぐることが出来た彼は、親父と女将の老夫婦とも親しくなり、名物の煮込みの虜になるが……。

ミステリーファンにとっては、この表題やちょいと妖《あや》しい料理屋という設定からして、ピンとくるかもしれない。そう、スタンリー・エリンの名篇『特別料理』を始めとする一連の〝奇妙な味〟系サスペンスのタッチなのだ。糸田が何故馴染みの仲間に入ることが出来たのか、次第に店の秘密が明かされていくにつれ、彼でなくとも、「二の腕をぞくぞくとする感覚が走」るに違いない。そしてその恐怖と彼が取り憑かれる煮込みの美味が裏表になっているのが味噌。「濃すぎず薄すぎず、甘すぎず辛すぎず、臭みもなく、脂こくもなく、実にあっさりしている。なのに、コクがある。野菜の甘みがしっかりと出ていると思う。モツの柔らかさは舌の上でとろける程だ……」。いやはや、狂牛病だろうが、狂豚病だろうが、どんなに危ないといわれても、つい食べたくなる魔性の味ではないか！　著者はホラー系サスペンスも得意とするが、本篇はまさにその典型ともいうべき一作だ。

続く**「夜明け前の道」**は御難続きのタクシー運転手がトンデモない客と出会ってしまう。いちどは会社経営を成功させながら、友人の裏切りをきっかけに転落人生を歩み続けてきた彼は、その日も気に食わぬ客と喧嘩、クビを覚悟するが、そんなとき、ひとりの客を拾う……。

物語とともに主人公たちも絶え間なく移動し続け、サスペンスがピークに達したとき、思いも寄らない結末が待っている。お話それ自体はバブル景気の悲惨な後日譚といおうか、日本経済の一端を突くエピソードであるが、ここでは何よりタクシーものという密室サスペンス的な演出の妙にご注目いただきたいと思う。

「夕立」もまた乗り物関連のお話。女子高生の千紗は通学電車でスカートの中に手を入れてきた男を告発するが、痴漢は何とくたびれた中学校教師だった。警官に説得されて告訴を取り下げ、学校にいってみれば、ハイミス教師から「隙《すき》があるんじゃないの」と説経される始末。いやはや最近の女高生はつらいよ、と思ったら……。

コギャルや援助交際という言葉がポピュラーになったのは九六年頃。九〇年代後半から少年犯罪は危険な方向に突き進んでいくが、本篇も従来の道徳観念の枠組みから逸脱した〝恐るべき少女たち〟の一端がリアルにとらえられている。いっぽう、中年男の落ちぶれかたもすでに半端じゃなく、男性読者はコギャルにいいように翻弄される痴漢の姿に身につまされること必定。それにしても、PHSにポケベルという道具立てが遥か昔のものに思えるところからも、現代の偏《かたよ》った進化ぶりがうかがえそうだ。

「福の神」は冒頭の「かくし味」と同様、〝小料理屋もの〟。といっても、こちらには魔性の料理は出て来ない。ヒロインの妙子は来年で還暦を迎えるが、三十路を過ぎて離婚してから水商売の世界で生きてきた。再婚もせず、今では自分の店「茜」を切り盛りしているものの、長い間客商売をやっていると不愉快な客につかれることも少なくない。有名化粧品メーカーに勤める池内もそんなひとりだった……。

酸いも甘いも嚙み分けた女将を中心にした、水商売の人間模様。水商売といっても、どこにでもありそうな巷のお店で、こぢんまりとした店を舞台に人間関係劇を書かせると、この著者は本当に巧《うま》い。嫌な客が醸《かも》し出す不穏な雰囲気を俠気の風で思いも寄らない人情劇へと一転させる手腕の鮮やかさ。むろんその旨みを引き出している〝かくし味〟は著者ならではの家族小説要素にほかならない。

表題作の「不発弾」は別に自衛隊や戦争のお話ではない。主人公は一見何の不足もない家庭生活を営んでいる中年デパートマン。長女は女子高生、長男もやっと私立中に入れ、子供の教育も一段落。彼は今の生活に充足していたが、やがて娘のアルバイト宣言をきっかけに家族に危険な揺らぎが起きていることを知らされる。

穏和で争いごと嫌い、自分ではマイホームパパだと思っていた父親が突然家族の叛乱に直面する。家族の断絶は今に始まったことではないが、現代社会の病因のひとつはそうしたシステムの変化に無自覚なオトナが多すぎるということか。そう、最近の子供はすぐにキれるというけど、その実子供以上にオトナのほうがキれやすかったりするのだ。長らく戦争から遠ざかっている日本のあちこちで、じきにこの不発弾が爆発し始めるかも。「いやあん」と聞こえる愛猫チャッピーの鳴き声がこのブラックな悲喜劇の絶妙なアクセントになっていることをお読み逃しなく。

最終話の「幽霊」は芸能界もの。流行り廃りの激しいTV界、時代の頂点を極めた者でも何をきっかけにどん底に墜ちるかわからない。本篇の主人公「私」こと津久井も、かつてはバラエティ番組で一世を風靡した敏腕プロデューサーであったが、あることから左遷され、それ以後は当たり障りのない早朝番組の制作に甘んじてきた。今では局の「幽霊」と化しているこの男に、だが、ある日思わぬ人物が声をかける……。

五木寛之の諸作を始め、芸能界ものはかつて中間小説の一ジャンルとして人気を得ていたものだが、最近ではあまり見られない。現実にもそれだけ個性に富んだ人材やドラマチックなエピソードが少なくなったということなのかもしれないが、本篇では伝説のプロデューサーの再生譚というスタイルを取りながら、そこにしっかり有能で野心家の女性ディレクターを配しているところが味噌。爽快なラストから思わず続きが読みたくなる一篇だ。

以上全六篇、前半分は広義のミステリー系小説が、後ろ半分はいわゆる人情もの系の市井小説が並んでいる。同じ系列でも、作品ごとに作風は異なるが、通読してみると、前述した女性小説、家族小説を軸にした独自の乃南タッチが浮かび上がってくることがおわかりいただけよう。

『幸福な朝食』を始め、犯罪被害者の悲劇をとらえた『風紋』（双葉文庫）や前出の『凍える牙』、あるいは騙す男と貢ぐ女、彼らを追う刑事の三つどもえの犯罪劇を描いた『結婚詐欺師』（幻冬舎文庫）や新米の派出所警官の活躍を描いた青春小説『ボクの町』（新潮文庫）等、乃南小説というとつい長篇を思い浮かべがちだが、その実、短篇世界も誠に多彩なのである。ファンはもとより、本書で初めて乃南作品に触れた人は、この作家が話の長短に関わらない物語上手であることを改めてご確認いただきたいと思う。

初出誌

かくし味／「小説現代」一九九四年七月増刊号
夜明け前の道／「小説現代」一九九六年十二月号
夕立／「小説現代」一九九七年八月号
福の神／「小説現代」一九九八年七月号
不発弾／「小説現代」一九九八年四月号
幽霊／「小説現代」一九九八年九月号

本書は、一九九八年十一月に小社より刊行されたものです。

|著者|乃南アサ　1960年、東京生まれ。1988年、『幸福な朝食』が第1回日本推理サスペンス大賞優秀作となる。1996年、『凍える牙』で第115回直木賞を受賞。『鍵』『ライン』『窓』『ボクの町』『花散る頃の殺人』『風紋』『ピリオド』『鎖』『未練』など多数の著書がある。

不発弾《ふはつだん》

乃南《のなみ》アサ

講談社文庫

定価はカバーに表示してあります

2002年1月15日第1刷発行

発行者――野間佐和子
発行所――株式会社　講談社
東京都文京区音羽2-12-21　〒112-8001
電話　出版部（03）5395-3510
　　　販売部（03）5395-5817
　　　業務部（03）5395-3615

デザイン―菊地信義
製版――大日本印刷株式会社
印刷――凸版印刷株式会社
製本――株式会社国宝社

Printed in Japan

落丁本・乱丁本は小社書籍業務部あてにお送りください。送料は小社負担にてお取替えします。なお、この本の内容についてのお問い合わせは文庫出版部あてにお願いいたします。（庫）

ISBN4-06-273295-5

講談社文庫刊行の辞

二十一世紀の到来を目睫に望みながら、われわれはいま、人類史上かつて例を見ない巨大な転換期をむかえようとしている。

世界も、日本も、激動の予兆に対する期待とおののきを内に蔵して、未知の時代に歩み入ろうとしている。このときにあたり、創業の人野間清治の「ナショナル・エデュケイター」への志を現代に甦らせようと意図して、われわれはここに古今の文芸作品はいうまでもなく、ひろく人文・社会・自然の諸科学から東西の名著を網羅する、新しい綜合文庫の発刊を決意した。

激動の転換期はまた断絶の時代である。われわれは戦後二十五年間の出版文化のありかたへの深い反省をこめて、この断絶の時代にあえて人間的な持続を求めようとする。いたずらに浮薄な商業主義のあだ花を追い求めることなく、長期にわたって良書に生命をあたえようとつとめるところにしか、今後の出版文化の真の繁栄はあり得ないと信じるからである。

同時にわれわれはこの綜合文庫の刊行を通じて、人文・社会・自然の諸科学が、結局人間の学にほかならないことを立証しようと願っている。かつて知識とは、「汝自身を知る」ことにつきていた。現代社会の瑣末な情報の氾濫のなかから、力強い知識の源泉を掘り起し、技術文明のただなかに、生きた人間の姿を復活させること。それこそわれわれの切なる希求である。

われわれは権威に盲従せず、俗流に媚びることなく、渾然一体となって日本の「草の根」をかたちづくる若く新しい世代の人々に、心をこめてこの新しい綜合文庫をおくり届けたい。それは知識の泉であるとともに感受性のふるさとであり、もっとも有機的に組織され、社会に開かれた万人のための大学をめざしている。大方の支援と協力を衷心より切望してやまない。

一九七一年七月

野間省一

乃南アサ　鍵
乃南アサ　ライン
乃南アサ　窓
野口悠紀雄　パソコン「超」仕事法
野口悠紀雄　「超」勉強法
野口悠紀雄　「超」勉強法・実践編
野沢　尚　破線のマリス
野沢　尚　リミット
半村　良　妖星伝㈠鬼道の巻
半村　良　妖星伝㈡外道の巻
半村　良　妖星伝㈢神道の巻
半村　良　妖星伝㈣黄道の巻
半村　良　妖星伝㈤天道の巻
半村　良　妖星伝㈥人道の巻
半村　良　妖星伝㈦魔道の巻
半村　良　戸隠伝説
半村　良　講談 碑夜十郎《いしぶみやじゅうろう》(上)(下)
半村　良　フォックス・ウーマン
半村　良　黄金伝説

半村　良　英雄伝説
半村　良　楽園伝説
半村　良　死神伝説
橋本　治　恋愛論
原田泰治　わたしの信州
原田泰治 原田武雄　泰治が歩く〈原田泰治の物語〉
林　育男　ビートルズで英語を学ぼう
林真理子　星に願いを
林真理子　テネシーワルツ
林真理子　幕はおりたのだろうか
林真理子　女のことわざ辞典
林真理子　さくら、さくら〈おとなが恋して〉
林真理子　みんなの秘密
M・ウォーカー 林真理子訳　マーガレット・ラブ・ストーリー〈風と共に去りぬ〉に秘められた真実〉
林真理子 山藤章二　チャンネルの5番
原田宗典　スメル男
原田宗典　東京見聞録
原田宗典　何者でもない
原田宗典　見学ノススメ

林　望　帰らぬ日遠い昔
林　望　リンボウ先生の書物探偵帖
帚木蓬生　アフリカの蹄《ひづめ》
帚木蓬生　空夜
林　巧　マカオ発楽園行き〈香港・マカオ・台北物語〉
林　巧　チャイナタウン発楽園行き〈イースト・ミーツ・ウエスト物語〉
花房孝典　アジアの大常識〈みんなが知りたがる101の疑問〉
花村萬月　皆月
浜なつ子　アジア的生活
早瀬圭一　平尾誠二最後の挑戦
林　丈二　イタリア歩けば…
林　丈二　猫はどこ？
平岩弓枝　おんなみち全三冊
平岩弓枝　花嫁の日
平岩弓枝　結婚のとき
平岩弓枝　結婚の四季
平岩弓枝　わたしは椿姫
平岩弓枝　花祭
平岩弓枝　青の伝説

2001年12月15日現在